Apartamento 41

Dados Internacionais de Catalogação na Publicação (CIP)
(Câmara Brasileira do Livro, SP, Brasil)

Carvalho, Nelson Luiz de
Apartamento 41 / Nelson Luiz de Carvalho. 7. ed. – São Paulo: GLS, 2007.

ISBN 978-85-86755-44-6

1. Homossexualismo 2. Romance brasileiro I. Título.

07-6492 CDD-869.93

Índice para catálogo sistemático:
1. Romances: Literatura brasileira 869.93

Apartamento 41

NELSON LUIZ DE CARVALHO

APARTAMENTO 41

Editora executiva: **Soraia Bini Cury**
Assistentes editoriais: **Bibiana Leme e Martha Lopes**
Capa: **BVDA – Brasil Verde**
Projeto gráfico: **BVDA – Brasil Verde**
Diagramação: **Acqua Estúdio Gráfico**

Respeitando a veracidade da história, o autor assume a total responsabilidade por ter mantido cenas de sexo com riscos praticadas por alguns personagens. Porém, tanto o autor como as Edições GLS endossam e recomendam a prática do sexo seguro.

Edições GLS
Rua Itapicuru, 613 - 7º andar
05006-000 - São Paulo - SP
Fone: (11) 3862-3530
e-mail: gls@edgls.com.br
http://www.edgls.com.br

Atendimento ao consumidor:
Summus Editorial
Fone: (11) 3865-9890

Vendas por atacado:
Fone: (11) 3873-8638
Fax: (11) 3873-7085
e-mail: vendas@summus.com.br

Impresso no Brasil

Agradeço a colaboração dos amigos

Maria Aparecida Affonso,
Mauro Gertner,
Babalorisa Wilson D'osogiyan,
Ekede Celia D'osun,
Priscila Prade

e, pela impossibilidade dos verdadeiros nomes,

Leonardo Guimarães,
Felipe do Nascimento e Silva,
Adriano Braga de Souza,
Dona Olga,
Lorenzo Ranieri.

PREFÁCIO

Quando pensamos em rejuvenescer, como eu penso, geralmente só observamos nosso estado físico. Nunca lembramos que o corpo também é o resultado materializado de todas as neuroses, de todos os preconceitos e desejos não realizados, acumulados num dia-a-dia cruel que, impreterivelmente, procura nos carregar para baixo antes do tempo. Aos poucos, mas não tão devagar como parece, fui substituindo hábitos antigos, um após o outro, por um novo estilo de vida, bem mais condizente com meus verdadeiros pensamentos e sentimentos. Estar de bem com o espírito, mesmo que cheios de dúvidas, nos faz voltar a pisar em terrenos até então esquecidos ou nunca pisados. No meu caso, o "pensar diferente" não só transformou meu corpo para melhor, como também trouxe de volta uma juventude que, por direito, ainda era minha.

Leonardo Guimarães
Personagem principal

Acostumado ao cabresto social, nunca sei
se estou mais próximo de Deus ou do Diabo.

Nelson Luiz de Carvalho
Autor

1

Os primeiros sinais ocorreram em meu corpo. Comecei a emagrecer lentamente, à medida que voltei a sonhar. Finalmente, aos 35 anos de idade, não me dei por satisfeito com minha vida. Passei de 97 quilos para apenas 65 quilos. Sentindo-me uma nova pessoa, as pizzas às sextas-feiras, os churrascos aos sábados e as cantinas italianas aos domingos deixaram de ser minha maior diversão. Talvez tudo isso seja interessante daqui a uns trinta anos, mas não agora. É difícil mudar quando se está casado há quinze anos com a mesma mulher e muito bem empregado numa grande empresa há quase dez anos. Mesmo assim, o desejo pelo novo era mais forte do que o passado e o presente juntos. Reescrever a vida não é fácil, mas consegui dar o primeiro passo em pouco mais de um ano, quando estabilizei meu peso em setenta quilos. Minha história começa aqui:

– Hora de levantar! O almoço está quase pronto.

Isabela disse isso já abrindo as cortinas e a janela do quarto. Detesto quando ela faz isso.

– E o André? Ainda está dormindo?

– Acordou cedo! Sua mãe veio buscá-lo para o campeonato de futebol de botão no prédio. Aliás, mais um pouco e vocês chegariam juntos.

Isabela suspirou antes de continuar:

– Você tem de pensar um pouco mais no seu filho! Ele só tem 5 anos e sente muito sua falta.

– Você está exagerando. Não é sempre que chego tarde assim.

– Exagerando, Leonardo? De uns meses para cá, você sai todos os finais de semana.

– Não esqueça que vivemos de aparências há muito tempo. Você quis assim. Lembra?

Gostaria muito de deixar tudo como está, mas infelizmente não consigo mais. Se por um lado sou um pai carinhoso, que não mede esforços para a felicidade de André e até mesmo de Isabela, por outro sou um ser humano que vive em completa angústia e procura desesperadamente pelo tempo perdido:

– Você não vai descer? – gritou ela da cozinha.

– Já estou indo!

De short preto, camiseta branca e havaianas, desci as velhas escadas ainda pensando na noite anterior:

– Leonardo?

– Já estou descendo!

Indiferente como sempre, Isabela preparava o almoço como se nada tivesse sido dito.

– Tem café?

– Sente-se que eu lhe sirvo.

Não suporto quando ela me serve café em xícara molhada. Por que não enxuga?

– O que você fez para o almoço?

Com uma tigela de salada sobre a mesa, ela respondeu:

– Macarrão a alho e óleo, bife à milanesa e salada de alface lisa, como você gosta.

Ao contrário de muitas mulheres, Isabela faz questão de viver em letargia. Vestida de dona de casa, posição que não suporta mas é cômoda, ela é incapaz de puxar as rédeas de seu destino. Sem forças para sonhar e com inúmeras dificuldades à sua frente, como se só ela tivesse problemas na vida, é bem mais fácil não lutar por nada.

– Coca ou guaraná?

– Coca.

Confesso que, sobre meus ombros, um enorme peso se faz presente nos últimos meses. O medo do novo e minha não-convivência diária com meu filho são coisas que me assustam no futuro que está por vir. Contudo, não posso mais parar.

– Pimenta?

– Não, obrigado.

– Essa é aquela especial que sua mãe trouxe de Minas.

– Não, obrigado.

Envolvido demais nesse admirável mundo novo, já não consigo só me masturbar pensando em alguém; tenho de me realizar nesse universo de corpos em que beijos e olhares insinuantes predispõem um inusitado balé de falos. Acho que devo estar enlouquecendo.

– Mais salada, Leonardo?

– Hum, hum.

Extrovertida na época de nosso namoro, Isabela aproximou-se de mim quase um ano após a morte de Rodrigo que, além de ser meu melhor amigo, foi a primeira pessoa por quem me apaixonei de verdade.

Adolescentes, Digo e eu éramos bem diferentes dos jovens de hoje. Inseguros e bloqueados psicologicamente por regras morais, nossas famílias sempre foram muito rígidas, não éramos honestos um com o outro nem quando podíamos. Na inocência espiritual de nossa alma, Digo e eu namoramos por quase um ano sem nunca assumir para nós mesmos essa posição. Mágicos na essência, nossos momentos íntimos faziam-se presentes nas pequenas coisas, como na vez em que ele cortou o pé...

– Entre, Leonardo.

– Tudo bem com a senhora?

– Agora sim, depois do susto que o Rodrigo me fez passar. Pode subir. Ele está lá no quarto descansando. E não repare na bagunça, Leonardo, acabamos de chegar do pronto-socorro.

– Claro que não, dona Elisabeth.

Com suaves batidas na porta do quarto, fui entrando:

– Posso entrar?

– Claro que pode. Você não precisa pedir licença para entrar em nada do que é meu.

Comecei a rir:

– Olha que eu não vou me esquecer disso nunca!

Começamos a rir.

– Deixe de ser palhaço! Você entendeu o que eu quis dizer.

– Entendi perfeitamente, cara!

Ele ficou muito, mas muito sem graça:

– Eu não vou responder a essa sua brincadeira idiota!

Deitado na cama, seu aspecto voltou a ser pálido, por simples charme.

– Mas e aí, Digo, tudo bem?

Com um sorriso de doente, ele disse que sim.

– O que você aprontou dessa vez?

– Eu nunca apronto nada!

Rimos.

– Não, fala sério. O que aconteceu?

– Caí do telhado.

Comecei a rir.

– Você ri porque não foi você que rolou telhado abaixo.

– O que você estava fazendo lá em cima?

– Fui trocar a merda da antena e acabei escorregando numa telha solta.

Até ele riu.

– E aí caí no quintal, bem em cima daquela velha pia da cozinha. Aquela que minha mãe mandou trocar na semana passada.

– Quantos pontos você levou no pé?

– Cinco.

Dona Elisabeth entrou no quarto:

– Dá licença. Me ajude aqui, Leonardo.

Dona Elisabeth trazia um pratinho com vários pedaços de bolo, imaginei que de cenoura, pela cor, e dois copos grandes de chocolate batido no liquidificador.

– Faça-o comer um pouco, Leonardo.

– Mãe, eu não estou com fome!

– São quase três horas e você ainda não comeu nada, Rodrigo.

– Mãe é mãe, Digo.

– Eu não estou com fome nenhuma.

– Mas você tá pálido, cara. Custa comer um pouco? Além do mais, deve ser de cenoura.

Ele só come bolo de cenoura.

– É de cenoura!

Pelo código do "deixar acontecer", e sem dizer uma palavra sequer, Digo e eu, sempre que podíamos, ultrapassávamos o limite da amizade em busca dos desejos mais escondidos:

– Você não quer passar a chave na porta, Leonardo?

Sentando a seu lado na cama, ele continuava deitado, comecei a comer o pedaço de bolo que ele levava à minha boca, não sem antes sentir, propositadamente, um de seus dedos dentro de minha boca:

– Bom demais! – disse ele num sorriso.

Já sentado, com as pernas arqueadas e coberto por um lençol azul da cintura para baixo, Digo continuava a levar pedaços à minha boca, enquanto eu, já com a mão debaixo do lençol, acariciava-o suavemente entre as pernas.

– Chocolate, Leonardo?

– Quero.

Com freqüência, masturbávamos um ao outro, utilizando situações comuns como pano de fundo e tendo como resultado muita sensualidade.

– Leonardo? – ele havia acabado de gozar.

– Fala!

– Nada, cara, nada.

No fundo, acho que nunca consegui superar a ausência dele. Tenho muita saudade do meu Digo...

– Leonardo? Leonardo?

– Isabela?

– Você está bem? Está pensando em quê?

– Na vida. No Rodrigo.

– Que Rodrigo?

Sorri.

– "Digo" lhe é mais familiar?

– Nossa, Leonardo! Faz tanto tempo. Pare de pensar nos mortos.

– Não fale assim, Isabela.

– Mais salada?

Não consegui continuar comendo.

– Posso ser muito honesto, Isabela?

Ela sorriu antes de responder:

– Pode.

Suspirei.

– O que rolava entre Rodrigo e mim?

Isabela sorriu amarelo:

– Vocês eram amigos. Por quê?

Sorri como há muito não fazia.

– Pare de representar, Isabela! Você sabe que entre mim e ele havia muito mais do que uma simples amizade.

– Aonde você quer chegar, Leonardo?

– No que você já sabe, mas insiste em não querer dizer.

Ela ficou em silêncio.

– Sabe, Isabela, posso ter todos os defeitos do mundo, mas, quando nosso casamento era uma verdade, sempre fui um homem completo para você! Não fui?

– Você sabe que foi.

Sem conseguir ficar sentado, comecei a andar pela cozinha.

– Não tenho certeza se a separação é um passo certo ou errado, mas sei que não consigo mais viver nesse nosso casamento de mentira! Não posso morrer me sentindo insatisfeito na vida! Alguma coisa dentro de mim me faz seguir em frente. Por muito tempo fui feliz com você, só que agora quero resgatar meu outro lado.

– Mas o André vai sofrer com nossa separação.

– O André não vai ser o único filho de casais separados na face da terra!

Silêncio.

– Você conheceu alguém?

– Não, Isabela, não conheci ninguém.

– Então faça da vida o que quiser, saia com homem ou com mulher, mas continue morando aqui.

Agachei-me ao seu lado.

– Olha só o que você está dizendo. Você acha isso realmente certo?

Impaciente, ela se levantou.

– O que não está certo é você deixar seu filho e eu no passado.

Nervosa, ela começou a lavar a louça.

– Pelo amor de Deus, Isabela! Não é isso! Você está confundindo as coisas! Não estou trocando vocês por ninguém! Que absurdo! Pare de lavar a louça e olhe para mim, por favor!

Ficamos frente a frente.

– Fala, Leonardo, fala!

Olhei bem nos olhos dela.

– Isabela, a única coisa que fizemos juntos nesses últimos anos foi engordar. Isso é pura infelicidade!

– Eu emagreci um quilo e você nem percebeu, Leonardo.

– Isabela, eu estou falando sério.

– Eu também.

Sorrimos.

– Tenho medo, Leonardo.

– Eu também, só que viver desse jeito não dá mais!

Silêncio.

– Sinto-me perdida, Leonardo! E não sei o que fazer!

– Comece a dar continuidade a tudo aquilo que você começou e sempre parou no meio do caminho. Dirigir, por exemplo! Tirou a carta, ganhou um carro e nunca dirigiu.

– Dirigi, sim!

– É verdade! Havia me esquecido de quando você derrubou a guarita do condomínio com o vigia dentro! Essa foi a única vez que você pegou no carro. Estou mentindo?

Começamos a rir.

– Não.

Sorrimos e ela me abraçou:

– Estar sozinha me assusta.

– Mas eu nunca estarei distante, Isabela! Acho até que passarei mais tempo aqui do que hoje.

– Você promete?

– Você sabe que sim.

Isabela nunca trabalhou desde que nos casamos. Por isso, com o propósito de ficarmos ambos em segurança, eu de bem com minha consciência e ela sem medo do futuro, combinamos que, além da pensão mensal, ela teria em seu nome uma conta corrente, dois cartões de crédito e um carro zero quilômetro na porta. Com isso, o padrão de vida dela e de André seria mantido. Quanto ao sobrado, passaria para o nome de André, com usufruto dela.

– Quando você pretende se mudar?

– Ainda não sei, Isabela. Talvez em poucos meses, sei lá.

Foram tempos difíceis aqueles, e o pior obstáculo à minha nova vida era eu mesmo. Não me parecia justo: eu, com uma consciência de adulto, impor e dizer verdades nas quais nem acreditava direito a uma consciência tão jovem e tão dependente de mim como a de meu filho. Estes foram os meses que mais chorei na vida.

– Papai?

– Fala, meu filho.

Assistíamos a desenhos na TV.

– Por que você não vai mais morar com a gente?

Abri os braços e o chamei para meu colo.

– O papai vai te explicar de novo.

Antes de começar a falar, beijei-o muito, porém ele falou primeiro:

– Por que você não gosta mais da mamãe?

– Eu gosto da mamãe.

É quase impossível falar de separação com uma criança.

– O papai gosta da mamãe como amigo, e não como namorado. Quando as pessoas se casam, como o papai e a mamãe, elas namoram, e o papai não quer mais namorar a mamãe.

– Por quê?

– Por quê? Porque... o papai não tem mais vontade de namorar com a mamãe, mas o papai continua gostando da mamãe, como amigo.

André apenas me olhava.

– Você não tem amigos na escola que têm pais separados também?

– Tenho.

– Diga o nome de um deles.

– Gabriel.

– Então, como o Gabriel...

– Tem o Carlinhos também.

– Então, como o Gabriel e o Carlinhos...

– Tem o Lucio também.

Comecei a rir.

– Do que você tá rindo, pai?

Beijei-o novamente.

– De nada, filho, de nada.

– Fala, pai?

– É que não precisa dizer o nome de todo mundo.

– Mas você pediu.

– Agora não peço mais. E sabe o que vou fazer? Vou te atacar!

De vez em quando brincávamos assim, simulando uma briga para ver quem era o mais forte.

– Pronto! Agora chega. Quero um beijão.

André me beijou no rosto.

– Então, como eu estava falando, tem um monte de crianças com pais separados e todas continuam com o mesmo papai e com a mesma mamãe para sempre. E isso é até "os fins do mundo".

Ele riu muito.

– Até os fins do mundo, pai?

Meus gestos eram demasiadamente exagerados.

– Até os "fins do mundo", filho.

Milhões de beijos.

– Agora o papai quer falar muito sério. Tá bom?

– Tá.

Suspirei.

– Então... o que vai ser diferente quando o papai se mudar para a outra casa é que você vai ter duas casas e dois quartos. Não é legal?

Sua expressão disse que não.

– E quando eu quiser te ver, pai?

Mesmo com uma enorme vontade de chorar, busquei um sorriso.

– O papai... não... vai embora...

Eu não conseguia falar direito e levei as mãos ao rosto.

– O que foi, pai?

– Não é nada, é que entrou uma sujeirinha no meu olho.

– Eu assopro, pai! – André não consegue assoprar sem cuspir.

Novamente o beijei.

– Então... o papai não vai embora. A única coisa que muda é que o papai não vai mais dormir aqui nesta casa. Mas a gente vai se ver todos os dias e, a cada quinze dias, eu venho te buscar para você passar o final de semana comigo na outra casa. Vai ser mais ou menos como... quando o papai viaja pela empresa... o papai vai e o papai volta. Você entendeu?

– Não! – o "não" dele me chamava para mais uma briga.

– Ah, é!

– Pai? Pai? Vai começar *O laboratório de Dexter*!

Não consigo conter as lágrimas quando as lembranças insistem em me carregar para aquele domingo de maio. Intrusos raios de sol, filtrados pelas venezianas azuis do quarto, carregam os cheiros inerentes aos cômodos, transportando-me ainda hoje para o quarto de André. Enquanto ele ria das confusões da Dee Dee querendo destruir o laboratório, eu ainda chorava por dentro ao lembrar da maldade das pessoas, afirmando que eu estava deixando meu filho no passado. Nenhum ser humano, mesmo morto, é passado, ainda mais meu filho vivo.

2

Meu Deus! Como é difícil dar meia-volta na vida. Nenhum ser humano pode ser dividido em partes. Às vezes, sinto-me um pierrô cuja maquiagem já não consegue iludir nem a si mesmo. Não quero que o futuro me seja indiferente, por eu interpretar com a máscara da obediência meus verdadeiros sentimentos. Até hoje, o apelido de "o bom menino", acompanhado de suaves e irritantes tapas na nuca, me persegue.

– Acho que você tem um grande problema nas mãos, e não vai ser fácil resolvê-lo.

– Eu sei, Gustavo. Mas que saída eu tenho?

Gustavo sorriu:

– Você tem a saída mais fácil do mundo: deixar tudo como está.

– Isso é impossível, cara!

– Impossível nada! Tem tanta gente que faz isso hoje em dia. Eu mesmo tenho um tio que mantém um casamento de fachada e tá cheio de mulheres por aí. E o fato de você querer ter amantes homens não muda em nada o conceito.

– Não quero ter amantes homens, só quero poder me relacionar com alguém. Acordar todos os dias junto e coisas assim.

– Mas isso é possível entre homens?

– Claro que é! Por que não seria?

– Ah, sei lá! Sempre ouvi dizer que os homossexuais... deixa pra lá!

Ele parou de falar.

– Continue, Gustavo.

– Tem certeza?

– Claro!

Ele suspirou:

– Que os homossexuais gostam de muito sexo... e que... também transam com todo mundo. Quer dizer, isso foi o que me disseram, eu nem sei se é verdade.

– Isso é bobagem, Gustavo! Pessoas assim existem em todos os lugares, seja no mundo homo seja no mundo hétero.

– Mas será que, no mundo homossexual, a quantidade de pessoas desse jeito não é maior?

Não consegui disfarçar certo prazer em responder àquela pergunta:

– Isso eu ainda não sei, mas vou descobrir em breve! Me aguarde!

Começamos a rir.

– Palhaço!

Apesar do medo – o novo sempre assusta –, toda aquela situação trazia consigo um ingrediente raro nos dias de hoje: a possibilidade de mudança. Poder mudar radicalmente de vida, mesmo sabendo exatamente o que quer, é muito difícil a qualquer tempo.

– Leonardo, se você sabia que estava em outra, por que se casou com Isabela?

Deixei escapar um leve sorriso:

– Eu sei que ninguém vai acreditar em mim. Nem você, que é meu melhor amigo, acredita. Mas, cara...

Sorri novamente:

– Acredite, eu nunca enganei a Isabela. Todas as vezes que estivemos juntos, realmente estivemos juntos! Nunca fiz amor com ela pensando em outra pessoa.

– E por que esse sorriso idiota? Nem você acredita no que está falando.

Começamos a rir juntos.

– Esse sorriso idiota, cara, é porque, apesar de toda a confusão, estou me sentindo muito feliz. Você percebe que um novo mundo está se abrindo para mim?

– A única coisa que percebo é que teremos grandes problemas pela frente.

– Exagero seu!

– É verdade, chefe! Essa história ainda vai espirrar "você sabe o que" para todos os lados!

Brincando, Gustavo começou a gesticular:

– "Que seus inimigos diretores nunca descubram a verdade." Palavras do Senhor!

– Graças a Deus! – não sei se por impulso ou não, mas quem completou a frase de Gustavo foi uma senhora que estava na mesa ao lado.

Deus sabe o quanto foi difícil segurar o riso, mas mesmo assim cumprimentei-a com um sorriso enlatado.

– Desculpe, Leonardo. Acho que me empolguei um pouco demais.

Eu ainda tentava não rir.

– Mas é sério, Leonardo. O que você acha que vai acontecer quando o "Dono do Mundo" descobrir que o diretor prodígio dele é gay?

– Dois grandes erros, Gustavo: primeiro, ele nunca vai saber minha orientação sexual; segundo, eu não sou homossexual.

– Ah, não? Então o que você é?

Respondi de boca cheia:

– Bissexual.

– Grande bosta! – disse ele em alto e bom tom. Eu diria que foi quase um grito.

Em pé, Gustavo pediu desculpas a todos pelo grito e pelo palavrão. Nós sempre almoçávamos naquele restaurante pela tranqüilidade e sossego da casa.

– Mais um desses e você mata os velhinhos.

Aquele restaurante é muito freqüentado por pessoas da terceira idade, não só pela tranqüilidade, mas principalmente pelo uso de temperos naturais e suaves.

– Já pedi desculpas. Mas me responda: você acha mesmo que, na cabeça de qualquer um, muda alguma coisa o fato de o cara ser bissexual ou não?

Empolgado, essa é uma característica dele, ele mesmo respondeu:

– Eu digo que não!

Gustavo aproximou-se de mim:

– Você lembra quando te fizeram despedir aquele rapaz do telemarketing receptivo porque descobriram que o cara era gay?

– Lembro, Gustavo. Mas, naquele caso, eles até tinham um pouco de razão, pois o moleque deu um "show" no meio do setor quando descobriu que o namorado o traía.

– E isso é motivo para despedir alguém?

– Ele só foi demitido porque saiu chutando as máquinas. Era pontapé para todos os lados.

– Ah, sei lá! Nem sei mais o que pensar.

Silêncio.

– Que tal fazermos o pedido? O de sempre ou você quer ver o cardápio, Gustavo?

Ele já estava bem mais calmo.

– O de sempre.

Chamei Ari, o garçom, com um gesto de mão.

– Senhor?

– Dois filés parisienses e mais uma cerveja.

Gustavo nunca me perguntou, mas o que mais me incomodava nessa história toda não era a reação das pessoas, já que eu não sairia contando para todo mundo o que sou, e sim, o fato de que eu não estaria presente todas as noites com meu filho. Sei que vez ou outra isso já aconteceu, mas a grande diferença é que eu sempre estou em casa quando ele acorda. Pode até parecer pouco, mas isso pega muito na minha cabeça.

– Leonardo, e esse lance da viagem na semana que vem, que ninguém diz nada? O que é exatamente? É treinamento?

Sorri com certa ironia.

– É mais uma forma de a empresa jogar dinheiro no lixo.

– Eu tô falando sério!

– O pior é que eu também!

– Custa você responder, Leonardo?

Ari nos trouxe a cerveja.

– É que você é novo na empresa, mas, todo ano, o senhor Victor gosta de reunir a diretoria em ambiente neutro, para um tipo de socialização e reciclagem. E você deu sorte, pois esse será o primeiro ano de participação do corpo gerencial.

– Mas o que faremos exatamente?

– Eles nunca antecipam nada. A idéia é sempre pegar todos de surpresa, com testes ou exercícios de capacidade.

– Isso é ruim.

Diante da evidente preocupação dele, resolvi responder como diretor, e não como amigo.

– Deixando a brincadeira um pouco de lado: não tem nada de ruim nisso, todos crescem como pessoas num evento desse porte. Que outra oportunidade você teria para que gerentes e diretores de outras áreas lhe conhecessem melhor? E quanto aos jogos, sejam eles quais forem, não os veja como testes, e sim como um método que o fará expor com clareza sua forma de raciocínio.

– Pensando assim, até que é bom.

– Você vai gostar, acredite.

Enchi os copos com cerveja:

– Sem contar, Gustavo, que passaremos quatro ou cinco dias num rancho maravilhoso, lá em Embu das Artes.

Fomos interrompidos pelo Ari:

– Pronto, senhores! Os filés estão bem quentes e no ponto certo, como vocês gostam. Posso servi-los?

– Por favor, Ari.

O pior de tudo é que não acredito em nada do que estou falando. O efeito positivo dessas socializações é logo esquecido no dia-a-dia da empresa e, para completar, nenhum teste idiota, em momento tão atípico, pode avaliar corretamente o comportamento psicológico das pessoas.

– Ah, mudando da água para o vinho, você acabou não me contando sobre...

Percebendo que Ari ainda nos servia, ele generalizou a pergunta:

– Sobre essa sua nova fase. Como você está se saindo?

Demorei a responder:

– Acho... que bem.

– Não me pareceu muito convincente, Leonardo.

Sorri.

– É que ainda me sinto meio deslocado quando vou a bares mais direcionados.

Ari finalmente nos deixou.

– Por quê? Esses bares não são bons?

– Até que são, mas sabe quando você se sente meio fora do eixo, meio... velho?

Gustavo parou de comer.

– Velho! Leonardo, você é jovem pra caramba!

Antes que eu pudesse dizer alguma coisa, ele continuou a falar:

– Cara, você é magro, bem afeiçoado... Não entendo como alguém assim pode se achar velho!

Comecei a rir.

– Por que você está rindo? Estou falando o que realmente vejo!

– Estou rindo do "bem afeiçoado". Esse termo que você usou é de velho.

Ele também riu.

– Quem usava muito essa expressão era meu pai. Mas, de qualquer maneira, não entendo como você pode se achar velho aos 30 e poucos anos de idade. Leonardo, eu tenho 25 anos e não vejo diferença entre a gente, cara!

Gustavo estava literalmente indignado por eu me achar velho.

– Talvez seja pelo fato de eu estar começando tarde demais nessa vida e também pela quantidade enorme de caras com 18 ou 19 anos que freqüentam esses bares.

Sua indignação o fez falar alto pela segunda vez:

– Tire isso da cabeça e esqueça, porque velho você não é mesmo! Leonardo, você é um tipo que chama a atenção, tem o corpo legal, é magro, se veste bem, é bonito. O que mais alguém pode querer?

No "querer" da última frase, e com os braços bem abertos, Gustavo percebeu que havia falado alto demais e que várias pessoas nos observavam, diante de meu proposital sorriso de paisagem. Muito envergonhado, ele levou o copo de cerveja à boca, para virá-lo de uma única vez.

– Isso foi uma cantada, Gustavo? – eu disse isso e, no mesmo instante, coloquei a mão sobre a dele, para que todos pudessem ver.

Não sei como, mas ele conseguiu engasgar tomando cerveja. Eu e Ari fomos em seu socorro: eu, em pé, sem saber o que fazer; Ari, com medidos, mas eficientes e firmes, tapas nas costas, tentava fazer descer o que não existia.

– Desceu? – disse Ari com ar de preocupação e já pedindo água para outro garçom.

Os olhos de Gustavo até lacrimejavam:

– Desceu! Agora estou melhor.

– Tome, beba um pouco de água.

– Obrigado, Ari.

Para não cairmos na risada, o que seria inevitável, evitei olhar diretamente nos olhos de Gustavo.

– Essa vai ter troco, chefe! Pode esperar!

3

Foi numa abafada quinta-feira de setembro que conheci Lorenzo. Disposto a não ir do trabalho para casa sem antes tomar pelo menos um chope, resolvi parar num dos barzinhos da Vila Madalena. Mesmo não gostando de sair sozinho – parece que me falta uma perna e fico todo atrapalhado –, naquela noite, em especial, eu precisava disso. Não estava nada fácil levar os dias numa boa. Situações rotineiras na empresa, que sempre tirei de letra, agora me faziam mal.

Pouco antes das vinte horas, entrei no bar do pior jeito possível. Tropeçando em uma perna de cadeira e tentando me apoiar em alguma coisa para não ir ao chão, acabei deixando cair o celular, os óculos escuros, a frente removível do CD e a agenda. Um rapaz de pele muito clara, de finos traços e um pouco mais jovem do que eu me ajudou a apanhá-los. Duas coisas me chamaram a atenção nele: a maneira fashion como se vestia e o perfume que usava – a cada movimento de seu corpo, uma suave e marcante fragrância podia ser sentida no ar.

– Quanta coisa você carrega, hein?

Sorri amarelo.

– Está ocupado?

– Não.

Eu ainda me sentava quando ele, estendendo a mão, apresentou-se:

– Lorenzo Ranieri. Toma um chope comigo?

Cumprimentei-o, após pegar a agenda que deixara cair no chão pela segunda vez:

– Leonardo Guimarães. Aceito.

Achei cômica nossa apresentação; não por minha desastrosa entrada no bar, mas sim pela ênfase com que ele pronunciou seu nome: "Lorenzo Ranieri". Lembrou-me: "Bond, James Bond".

Quando decidi assumir minha bissexualidade, alguns meses antes de conhecer Lorenzo, todas as poucas tentativas de aproximação com esse admirável mundo tinham sido desastrosas. Como no caso do fotógrafo que conheci na semana em que estive hospedado, pela empresa, num rancho, próximo à cidade de Embu. Tínhamos de executar atividades na mata, como subir em árvores, pular em rios e praticar bungee-jump. Nessa semana de treinamento ao ar livre para executivos, percebi que as lentes da câmera daquele jovem fotógrafo me acompanhavam a todo instante. Tal foi minha satisfação em perceber isso que, a partir daquele momento, além de tentar ser o melhor em cada exercício, queria mostrar minha coragem. No caso do bungee-jump, mesmo morrendo de medo, vesti uma ousadia que não existia e fui o primeiro a saltar.

– Essa sua coragem eu desconhecia!

– Eu também, Gustavo!

Ainda com as pernas trêmulas e muito pálido, recebi, em uma rodinha de abraços que ia se fechando em torno de mim, cumprimentos dos professores e demais funcionários, por meu ato de coragem. Já sem o capacete, mas ainda com as pernas bambas, sentei-me próximo a um morro, para observar a guerra psicológica dos professores, que tentavam convencer o maior número possível de executivos a pular. Foi quando o senhor Victor, sócio majoritário e diretor-geral da empresa, mais conhecido como "Dono do Mundo", aproximou-se de mim, com o fotógrafo:

– Parabéns, Leonardo!

Abraçamo-nos demoradamente e, por um momento, achei que ele lacrimejava.

– É de jovens como você, fortes, corajosos e decididos, que minha empresa necessita! Parabéns, Leonardo!

Mal sabe ele que só pulei por causa do fotógrafo.

– E que isso sirva de exemplo a todos vocês! Coragem e decisão são fundamentais para uma empresa tão eficiente como a nossa!

O rancho era o lugar perfeito para um deita-e-rola, mas, infelizmente, a incerteza dos fatos e a presença maciça dos executivos da empresa tornaram qualquer ação muito perigosa. Além das lentes que me acompanharam obstinadamente por cinco dias, meus contatos com Breno não passaram de olhares e possíveis gestos maliciosos por parte dele.

– Breno! Tire algumas fotos minhas com o Leonardo! – gritou o senhor Victor, ainda entusiasmado.

No almoço que antecedeu nossa volta à capital, todos nós estávamos de short e muito, mas muito à vontade, até o "Dono do Mundo". A exceção era Vicente, que tinha vergonha de mostrar as pernas e de se trocar na frente de todo mundo.

Gustavo, empolgado, comentava:

– Tenho certeza, Leonardo, de que agora você caiu totalmente nas graças do velho! Belo marketing o seu, de querer ser o primeiro em quase tudo! Pular de bungee-jump, então, foi o máximo!

Sentado numa mesa próxima à minha – almoçávamos em mesas redondas, com quatro lugares cada uma –, Breno, disfarçadamente, não tirava os olhos das minhas pernas; e eu, das dele.

– Leonardo? Leonardo?

– O quê?

– Você não ouviu nada do que eu falei!

Interrompi Gustavo:

– Ouvi sim! Que pular de bungee-jump foi o máximo.

Terminado o treinamento, eu não conseguia pensar em outra coisa a não ser em Breno. Os dias foram passando e nada acontecia. Cheguei até a pensar em ligar para o setor de Recursos Humanos, para conseguir o telefone dele. Mas e se eu estivesse errado em minha análise e tudo não houvesse passado de uma viagem minha? Deprimido, cheguei à triste conclusão de que nada havia acontecido no rancho. Talvez pelo desejo de conhecer alguém eu tenha imaginado uma situação especial que não existia com aquele rapaz de mais ou menos 23 anos.

Mas numa tarde de sexta-feira, quase dois meses após a estada no Rancho Silvestre, recebi a ligação que tanto esperava:

– Senhor Leonardo! O senhor Breno na linha quatro.

Senti um frio na espinha.

– Veja que Breno é, Luciana!

Ganhei tempo para me estabilizar emocionalmente.

– Ele diz que é fotógrafo. O senhor vai atender ou peço para ele ligar mais tarde?

Eu estava morrendo de medo.

– Eu atendo.

Antes de liberar a linha quatro, respirei fundo e acendi um cigarro.

– Breno.

Disse "Breno" como se já tivéssemos conversado alguma coisa na vida.

– Oi, Leonardo, tudo bem?

– Tudo bem, cara! E com você?

– Melhor agora!

Como foi bom ouvir um "melhor agora" de alguém com quem eu esperei tanto para falar.

– Trabalhando muito?

– Bastante. Fazer essa empresa funcionar no ritmo do senhor Victor não é fácil.

– Eu sei, percebi isso no rancho. O velho é uma figura, parece estar ligado em 220 volts.

Rimos e, por sorte, ele retomou o assunto, pois eu não sabia o que dizer:

– Se você não tiver nenhum compromisso importante para hoje à noite, gostaria de te convidar para vir ao meu apartamento. Tirei varias fotos suas e quero te mostrar.

Eu sabia que tinha rolado alguma coisa no rancho! Não é normal um fotógrafo convidar um diretor do meu porte para ver fotos em seu apartamento.

– Hoje?

– É. Por quê? Você já tem alguma coisa marcada?

– Não, não tenho nada marcado. É que, tão rápido assim, me pegou meio de surpresa.

– Sou um cara de surpresas. Você vem?

Respirei fundo antes de responder:

– Vou. Passe-me o endereço.

Estava tão nervoso que até pedi o CEP. Sou um idiota, mesmo.

– Então te espero às oito, Leonardo.

– Fechado, cara. Às vinte horas estarei aí. Quer que eu leve alguma coisa?

– Quero.

– O quê?

– Você.

Entrei em pânico! Sem tempo para trocar de roupa em casa – devido ao trânsito, é impossível andar em São Paulo numa tarde de sexta-feira –, praticamente tomei um banho de gato na pia do banheiro da empresa. E, pior, ainda tive de me enxugar com aquele maldito papel toalha, que insistia em grudar no corpo. Com exceção do terno e da gravata, que me deixavam sério demais, um pouco de gel nos cabelos já desarrumados e algumas gotas de perfume – o vidro que mantenho na gaveta estava quase vazio – deixaram-me pronto para o tão esperado encontro. Ao mesmo tempo em que o frio me batia no estômago, uma excitação imensurável pelo desconhecido já se fazia presente em minha cabeça.

Pouco antes do horário marcado, estacionei o carro bem próximo ao prédio de número 75 na Vila Buarque. Antigo, mas bem conservado, com exceção do porteiro eletrônico, cujos números encontravam-se apagados. Acabei por apertar o botão que pensei ser o apartamento número 5.

– Breno, por favor.

– Quem?

– Breno. Aí não é o apartamento 5?

– Quem é?

– Leonardo.

A porta do prédio se abriu no mesmo instante em que um rapaz, muito na dele, saía.

– Firmeza? – disse ele, de olhos arregalados.

– Firmeza, cara.

A porta do velho elevador, lenta como ela só, já se fechava, quando o rapaz de olhos arregalados entrou:

– Esqueci o bagulho.

– Ah, tá.

– Em qual você vai? – disse ele, bem próximo de mim. Na verdade, nesse momento nos encostamos.

– No quinto.

– Desço depois. Vou no sétimo.

– Ah, tá.

Até o quinto andar, fomos encostados um no outro. Gostei disso.

– Falou.

– Valeu.

No apartamento de Breno, fui recebido por uma garota muito magra, que se vestia como os hippies dos anos 1970.

– Se joga aí nas almofadas, que ele foi buscar um filme e já volta.

Ninguém atende desse jeito, mas tudo bem.

– Falou.

Silêncio.

– Qual é o seu nome?

– Dé.

A decoração da sala incomodava a vista. Tons avermelhados reinavam quase que absolutos na disposição rasteira dos objetos. Tudo fugia ao bom gosto naquele lugar, mas feios mesmo eram os quadros abstratos carregados no vermelho e no preto.

– Tudo bem, Leonardo? Demorei muito?

– Claro que não. Eu também cheguei quase agora.

Abraçamo-nos como velhos amigos.

– Mas deixe eu te ver! Você fica bem pra caramba de terno! Gostei, cara!

Eu apenas sorri, e mais uma vez nos abraçamos. Só que, dessa vez, ele me beijou rapidamente no pescoço.

– Importa-se se eu tomar um banho? Senão, acho que vou derreter de tanto calor. – Breno disse isso com as mãos em minha cintura.

– Numa boa, Breno.

O sorriso dele era lindo, mas o que me chamava a atenção mesmo era aquela barba rala por fazer.

– Então tire esse paletó, pegue uma latinha de cerveja na geladeira e me espere no banheiro. Assim a gente vai conversando. Tudo bem?

Ele mesmo tirou meu paletó e o jogou sobre as almofadas vermelhas da sala.

– Tudo.

Na cozinha, sobre uma mesa de fórmica azul, Dé preparava alguns cigarros de maconha:

– Vai?

– Daqui a pouco.

Devia ter alguém com ela no quarto, pois Dé só vestia uma calcinha preta:

– Experimenta!

Eu puxava uma segunda tragada quando uma garota, tão magra quanto ela, entrou na cozinha nua em pêlo, branca como a neve. Dé a acariciava, enquanto o cigarro corria de boca em boca:

– Leva um. Ele vai querer.

Dé ascendeu um cigarro para mim, já com a moça sentada e excitada sobre seu colo.

– Valeu, Dé.

Definitivamente, o inusitado me atrai. Não trocaria por dinheiro nenhum do mundo o prazer que tive ao tocar e ser tocado pelo rapaz do elevador e ao vê-las brincando em minha frente.

– Breno!

– Entre! A porta só está encostada! Você demorou tanto que já estou quase acabando.

– É que...

Ele interrompeu minhas palavras:

– Não precisa explicar. Já senti o cheiro. Alias, dá uma tragada.

Por três vezes seguidas, ele puxou.

– Já está viajando, Leonardo?

Mesmo molhado, ele saiu do chuveiro e me abraçou.

– Acho que já.

Demoradamente nos beijamos e pude finalmente sentir aquela barba em meu rosto, entre as inúmeras tentativas de um querer morder o queixo do outro. Naquele momento, eu faria qualquer coisa:

– Vamos para o quarto? Ainda preciso te mostrar as fotos.

– Vamos. Quer que eu apanhe uma toalha para você se enxugar?

– Não preciso me enxugar.

Colocou o mesmo short preto, mas sem a cueca, e fomos para o quarto.

– Quando estou em casa, é aqui que passo a maior parte do tempo. Gostou do meu cantinho?

– Gostei. É bem diferente.

O quarto, com exceção de uma estante repleta de livros e revistas de fotografia, que ocupava toda uma parede, também apresentava uma decoração rasteira. O que mais chamava a atenção era uma cama vermelha, acho que chinesa ou japonesa, devido à ausência de pernas, que, nas laterais de madeira, mostrava desenhos de casais heterossexuais transando. Achei aquilo de um mau gosto incrível.

– Sente-se, Leonardo.

Tirei os sapatos e sentei-me sobre o colchão, enquanto ele, ainda molhado, procurava pelas fotos em várias pilhas de papéis espalhadas desordenadamente pelo quarto. Aquilo era uma zona.

– Achei!

Passando um bolo de fotos soltas para minhas mãos, ele foi à cozinha buscar mais cervejas e cigarro.

– Pronto!

Sentados lado a lado e fumando muito, soltávamos fumaça um na boca do outro, entre beijos e suaves mordidas que iam até o pescoço.

– Posso te pedir uma coisa, Leonardo?

– Peça. O que você quer?

Antes nos beijamos demoradamente.

– Quero que você apenas se deite e não faça mais nada, a não ser ver as fotos.

Apenas nos olhávamos.

– Faz isso por mim?

Beijamo-nos.

– Faço, mas posso tirar a roupa primeiro? – eu ainda estava vestido.

– Não, não pode. O que tiver de tirar, eu tiro depois.

Mais uma vez nos beijamos demoradamente.

– Faz isso por mim? Faz?

– Faço, cara.

Nosso melhor beijo foi com ele deitado sobre mim.

– Lembre-se, só eu posso tocar em você. Quer um cigarrinho antes de eu descer?

Não entendi o que ele quis dizer com "descer", mas aceitei a maconha.

– Você está me deixando louco, Leonardo.

Psicologicamente protegido pelo motivo das fotos e por uma fraca luz vermelha, abafada por uma toalha jogada sobre um pequeno abajur de madeira, Breno, no mais completo êxtase, gemia ao passar a boca pelos meus pés. Em excessivo tempo, ele os cheirou, beijou, lambeu e chupou em total submissão, pelas fortes palavras que dizia. Teria sido muito bom se eu também pudesse ter feito alguma coisa, pois nem me tocar eu podia:

– Eu sou teu, cara! Acabe comigo, acabe!

Colocando meu pé esquerdo dentro de uma das laterais de seu short, Breno, enquanto se masturbava, começou a apertá-lo fortemente contra seu saco. Em minutos, seu esperma já escorria por meus dedos, em meio aos gemidos de dor e prazer que ele sentia. Impossível que não tenha se machucado.

– Breno!

Exausto, ele permanecia em silêncio entre o chão e a cama.

– Breno!

Resolvi me levantar.

– Breno! Você está bem, cara?

Ele dormia.

– Breno!

Com dificuldade, arrastei-o para cima da cama.

– Você está bem, cara?

– Deixe-me sozinho. Estou com muita dor. Amanhã a gente se fala.

Ele apagou completamente. E eu, ainda zonzo e frustrado, deixei o apartamento de número 5, com apenas um pé de meia. O outro, com certeza, não estava no chão nem cama daquele quarto.

– Leonardo! Leonardo!

– O quê?

– Você está bem?

– Desculpe, Lorenzo, é que às vezes eu me perco em pensamentos.

– Pensava em quê?

Soltei um pequeno sorriso.

– Em como é bom viver.

– Filosófico você, hein!

– Nem tanto, Lorenzo, nem tanto.

Lorenzo e eu nos demos muito bem e, pela forma como nosso olhar se encontrava, acho que compartilhávamos os mesmos gostos e desejos. Por causa de uma reunião que o faria acordar bem cedo na manhã seguinte, marcamos de nos encontrar no sábado.

4

Difícil dizer o que sinto. Os pensamentos mais me afligem do que me ajudam. O fato é que estou mudando e, por mais que eu queira ser lógico, as emoções tomam conta de mim a cada segundo.

– O senhor quer fazer o pedido agora?

– Por enquanto, traga-me apenas um chope.

– Claro ou escuro?

– Escuro.

O chope escuro me fez lembrar do bar mais *trash* que eu freqüento na noite gay de São Paulo, o 766. Lá, apesar de toda a irregularidade social, sinto-me muito bem – devo ter alguma coisa de Oscar Wilde no sangue. Rústico e com pouca iluminação, o 766 é o lugar perfeito para uma violação espiritual. Freqüentado por todos os tipos de rapazes (os que cobram, os que não cobram e os que cobram de forma indireta), o inferninho é uma porta aberta para a realização dos sonhos mais emergentes. Foi nesse lugar que eu, muito bem acomodado em uma belíssima poltrona forrada com napa verde, conheci Adriano. Ao contrário dos outros rapazes que sempre vestem jeans, Adriano, dentro de um alinhadíssimo terno azul marinho, chamou a atenção das pessoas logo na entrada.

Por falta de mesas vazias, ofereci os lugares vagos em minha mesa; mas apenas pela beleza física do rapaz, e não pela exposta expressão de cansaço do senhor que o acompanhava.

– Podemos mesmo? Não vamos te atrapalhar? – disse o senhor de sorriso simpático.

– Por favor, sentem-se.

Acendendo um cigarro, ele se apresentou:

– Eu sou Olavo, e este aqui é o meu filho, Adriano.

Filho! – Pensei. – Não pode ser. Eles devem estar mentindo.

– Muito prazer, eu sou Leonardo.

Cumprimentamo-nos apenas com palavras.

– Vocês estão muito bonitos. É difícil ver pessoas tão bem vestidas aqui.

Eles sorriram.

– É que estamos vindo de um desfile muito chique, Leonardo. Meu pai trabalha com moda.

– Não é bem "moda". Na verdade, eu vendo roupas no interior de São Paulo.

– Onde você tem loja, Olavo?

– Em todos os lugares.

Eles começaram a rir.

– Falei alguma besteira?

– Não falou, não! É que meu carro é minha loja.

Olavo era um moderno caixeiro-viajante.

– Mas ainda tem mercado para isso, Olavo? Hoje o interior está tão desenvolvido. Veja Rio Claro, por exemplo, que, apesar de ser uma cidade pequena, já tem até shopping. E, se não me engano, mais de um.

Enquanto conversávamos madrugada adentro, eu podia sentir, a olhos vistos pelo pai, a delicadeza das mãos de Adriano em querer ajeitar meu cabelo.

– Há anos que tenho uma boa clientela, Leonardo. E meu sistema de vendas ainda é o da caderneta. Muitos dos meus clientes, na maioria donas-de-casa, não tem crédito no comércio local.

Adriano começava a me excitar, pois, além de mexer em meus cabelos, já colocava sua mão quase sempre sobre a minha.

– E você, Adriano? Faz o que na vida?

– Estudo e trabalho no...

Olavo interrompeu o filho:

– Adriano está muito bem empregado, trabalha no Shopping Iguatemi há quase um ano – disse, com certo orgulho.

Antes que eu pudesse falar alguma coisa, Olavo, olhando o relógio, completou:

– Não sei o que vocês querem fazer da vida, mas eu preciso ir embora, já passa das quatro horas da manhã e...

Dessa vez, foi o filho que interrompeu o pai:

– Vamos para casa com a gente, Leonardo?

Diante de minha indecisão, Olavo sorriu e disse:

– Eu vou dormir, mas vocês podem tomar algumas cervejinhas lá em casa, se quiserem.

Sem nada responder, pedi licença para ir ao banheiro. Na volta, passei no balcão para falar com Carlos, um dos proprietários do 766. Ele poderia me tirar das trevas.

– Carlos!

– Diga, meu rei!

– Sem chamar a atenção: você os conhece?

– Conheço. Às vezes o rapaz vem sozinho e às vezes vem acompanhado desse senhor. Por quê? O que está rolando?

– Você acha que é seguro sair com eles? Quer dizer, sair com o rapaz?

Carlos sorriu antes de responder:

– Só Deus para garantir isso, porém quando estão juntos só bebem uísque, e o velho sempre paga com cheque. Eles freqüentam aqui há quase um ano, mas são muito reservados. Se não me engano, acho que o Roberto, que você ainda não conhece, saiu uma vez com eles. Alias, eles estão muito bonitos de terno, nunca os vi assim.

– E agora? O que eu faço?

– Posso responder?

– Claro! Estou te perguntando!

– Pense com a cabeça de cima, e não com a de baixo.

Começamos a rir.

– Estou brincando, meu rei. O tesão é tão grande assim?

– Muito, Carlos, muito!

Ele pensou por alguns minutos.

– Façamos o seguinte: volte para a mesa e peça a conta. Pague apenas sua parte e deixe o velho pagar a deles.

– E que segurança isso traz?

– É que, na hora de fechar a conta, vou deixar bem claro para eles que somos amigos e que estou vendo os três saírem juntos do bar. E, quanto ao cheque, só vou depositá-lo no banco quando tiver certeza de que você está bem. Por isso, não deixe de aparecer amanhã à noite para dar um "oi", porque senão eu chamo a polícia!

– Puxa, Carlos, obrigado!

Abraçamo-nos.

– Divirta-se, meu rei!

Arriscando ou não, os dois foram comigo no meu carro. Com direito a um irônico tchau do Carlos na porta, deixamos o 766 por volta das quatro e trinta da madrugada, com destino ao bairro do Butantã.

– Você é casado, Leonardo?

– Fui. Hoje estou solteiro.

Com Olavo dormindo no banco de trás e a cabeça de Adriano encostada em meu ombro, fui excitado até o Butantã.

– É aqui, Leonardo. Vire à direita.

De classe média baixa, o apartamento de dois quartos era pequeno, porém muito bem arrumado. Foi na garagem do prédio, ao ver a perua de Olavo carregada com roupas, que constatei que eles falavam a verdade.

– Leonardo, não repare, mas já vou me deitar. Amanhã, ou melhor, daqui a pouco, tenho um almoço ao qual não posso deixar de ir e...

Adriano interrompeu o pai, beijando-o no rosto:

– Vá se deitar, paizão! Nós entendemos.

Com uma latinha de cerveja estupidamente gelada nas mãos, fiquei na sala aguardando Adriano voltar do quarto. Para meu espanto, ele reapareceu na sala vestindo apenas uma cueca branca. Que corpo bonito! De pele bronzeada, quase sem pêlos e de carnudas coxas, aquele rapaz, que não tinha mais de 20 anos, deixou-me excitado ao andar pela sala enquanto preparava uma dose de uísque.

– Você não gosta de uísque, Leonardo?

– Gosto, mas só bebo quando não tem cerveja.

Ele me fez sentar no sofá.

– Feche os olhos, Leonardo.

Agora vou ser assassinado, pensei.

– Não vale abrir.

De olhos abertos, depois de um longo beijo, foi atraente vê-lo dançando, só de cueca e à meia luz, em minha frente. Seus movimentos eram de homem e exaltavam com muita natureza sua rústica qualidade masculina.

– Mais relaxado ou mais excitado, Leonardo?

Aproximou-se de mim e nos beijamos.

– Você não acha melhor irmos ao seu quarto, Adriano?

– Não precisa. Meu pai não vai aparecer na sala.

– Tem certeza?

Ele riu:

– Claro que tenho.

Eu sorri:

– Acho diferente essa relação de vocês.

– Meu pai é igual à gente, Leonardo. E, por ele, todas as minhas relações seriam assim, sempre em casa.

Fazendo-me sentar no sofá maior, ele foi me despindo lentamente.

– Seu pai não liga por você estar com um cara de mais idade?

Ele me tirou tudo, até a cueca.

– Claro que não.

Adriano começou a me masturbar com a boca.

– Vou ser seu namorado, Leonardo.

Minha relação com Adriano sempre esteve muito distante daquilo que podia ser considerado normal. Meio que namorados, amigos e amantes dos desejos mais estranhos, era comum sairmos com um ou dois rapazes ao mesmo tempo. De personalidade incomum, seu comportamento sexual em grupo era completamente diferente daquele de quando estávamos sozinhos. Partindo de um desejo incontrolável de ter pelo menos mais uma pessoa em nossa relação, seu primeiro desejo era me ver brincando com rapazes. Eu podia fazer de tudo, menos ter penetrações, enquanto ele, a certa distância, apenas se excitava. Sua participação, quase sempre no final da brincadeira, ocorria pelo desejo de possuir os caras com certa violência, e isso nem sempre dava certo. Sozinhos, sua passividade era absoluta e beirava constantemente o escatológico. Mesmo com todo o prazer que o mundo de Adriano me propiciava – ele se considerando meu namorado e eu não, pela quantidade de rapazes que dividiam a cama com a gente –, o vazio que se acumulava dentro de mim era enorme, e o prazer só existia na cama.

– Demorei muito?

Lorenzo e eu nos cumprimentamos com um caloroso abraço.

– E aí, Leonardo? Gostou do lugar? Aqui eles fazem um prato de carne seca com abóbora que é uma delicia! Um chope, por favor!

Eu não estava acostumado a encontrar pessoas assim; inteligente e de raciocínio rápido, Lorenzo surpreendia-me a cada minuto. Além de bonito e charmoso, tinha um gosto refinado para se vestir; começou a despertar em mim um desejo bem diferente: o de estar com um homem na cama, e não com um rapaz. Foi no meio de uma conversa sobre profissões que ele, com a maior naturalidade, assumiu em bom tom sua homossexualidade. Pouco mais jovem do que eu, mas com uma segurança bem mais acentuada, aquele designer de moda, que já sabia o que queria desde os 12 anos de idade e fora casado com outro homem por dez anos, trazia na bagagem um lado do admirável mundo que eu não conhecia. Ainda por sugestão dele, deixamos o bar-restaurante pouco depois da meia-noite, com destino ao Ipsis, uma boate de gays, lésbicas e simpatizantes situada em Pinheiros. Ao contrário dos lugares gays que eu costumava freqüentar, o Ipsis Club – como Lorenzo se referia a ele – alinhava-se em conforto e qualidade com qualquer outra grande casa noturna.

– E aí, Leonardo, gostou?

– Muito legal!

Casais héteros dividiam espaço com casais gays, masculinos e femininos, com a maior naturalidade possível.

– A casa tem dois andares, Leonardo e... Oi, tudo bem?

Lorenzo cumprimentou várias pessoas até chegarmos ao balcão do bar no andar térreo.

– Vamos de cerveja, Leonardo?

– Hum, hum.

– Duas cervejas, por favor!

Estávamos de mãos dadas, como qualquer casal de namorados, e Lorenzo me mostrou toda a casa, sempre procurando encostar seu corpo atrás do meu. Aquele lugar fervia de gente.

– Beth! Beth! Deixe eu te apresentar um novo amigo!

Cumprimentamo-nos com beijos no rosto.

– A Beth é uma das sócias do Ipsis, Leonardo.

Há muito não me divertia tanto! Finalmente conheci uma casa onde eu podia ser eu mesmo e fora da rota dos guetos e dos rapazes fazedores de tipos, dos lugares sempre duvidosos e decadentes.

– Vamos dançar, Leonardo?

Molhados de suor, deixamos a pista de dança após várias seqüências musicais. Lorenzo não disse nada, mas meus tímidos passos, diga-se de passagem, sempre os mesmos, estavam muito abaixo da coreografia dele. Até nisso ele era bom.

– Cara, estou pingando de suor. Vamos até o banheiro, Lorenzo?

– Suar é ótimo, mostra o gosto que cada um tem.

Antes que eu pudesse dizer alguma coisa, ele me beijou na boca. Excitados e já encostados numa parede lateral da pista, começamos a nos apertar muito.

– Que tal um lugar mais tranqüilo, Leonardo?

O dia quase amanhecia quando deixamos o Ipsis, com destino a um motel na marginal Pinheiros. Até então, eu não sabia que um casal de homens podia freqüentar um motel. Sempre pensei que esse tipo de relacionamento estava confinado a hotéis de quinta categoria no centro de São Paulo, aos quais eu e Adriano íamos sempre. O mundo que Lorenzo me apresentava estava muito próximo do mundo que eu conhecia. Envergonhado, coloquei os óculos escuros pouco antes da portaria, onde só deixei a carteira de identidade, já que ele, entrando com o carro primeiro, reservou o apartamento.

– Suíte 47.

– Obrigado.

Excitado pela noite e por estar com um homem pela primeira vez num motel, fiquei na garagem por alguns minutos, tentando memorizar cada momento, para só depois subir.

Escurecida por pesadas cortinas azuis que insistiam em não deixar os primeiros raios de sol entrarem, a suíte – que também possuía piscina com teto solar, numa espécie de mezanino – deixava o ambiente muito acolhedor.

– Demorou, Leonardo.

Sem que eu pudesse vê-lo direito, ele me abraçou por trás, completamente nu. Lentamente, foi me despindo entre curtos e sucessivos beijos no pescoço e nas costas.

– Posso me virar?

– Não, meu bem. Continue assim.

Foi difícil ficar naquela posição ao sentir o deslizar de sua língua entre minhas pernas e coxas:

– Você é muito gostoso, Leonardo.

Fazendo-me deitar de bruços e me lambuzando com saliva, ele foi me possuindo aos poucos. Num misto de prazer e dor quase insuportável, não consegui segurar o gozo por muito tempo. Acho que gozamos juntos.

– Demais, meu bem, demais.

Molhados de suor, eu podia sentir todo o peso do seu corpo sobre o meu. Tentei fazer que ele saísse.

– Não se mexa, meu bem. Quero ficar mais um tempo em você.

Mesmo incomodado por ele ainda estar dentro de mim, o cansaço e a bebida me fizeram adormecer nessa posição.

Fui lento ao despertar. De olhos fechados e com a marcante fragrância do seu perfume, que se encarregava de dizer que naquele quarto eu não estava sozinho, fui me excitando ao lembrar do instante maior do nosso amor. Ele dormia ao meu lado coberto por um lençol. Tomando cuidado para não o acordar, fui para a piscina no segundo andar. Por muito tempo, fiquei curtindo o sol, até Lorenzo aparecer:

– Bom dia, meu bem.

Finalmente pude vê-lo por inteiro. Liso no peito, de coxas fortes e pernas cobertas por pêlos negros, parecia um anjo no corpo de um homem.

– Bom dia.

Quando ele ia entrar na piscina, a campainha tocou.

– Espere que eu já volto. É nosso café-da-manhã.

– Quer que eu te ajude?

– Não. Fique aí, meu bem.

Colocando a bandeja bem próxima à piscina, ele entrou na água, e demoradamente nos beijamos:

– Faz tempo que você acordou?

– Um pouco.

Sentados frente a frente e muito próximos um do outro, ele me tratava com excessivo carinho, levando pequenos pedaços de frutas à minha boca, enquanto já me acariciava entre as pernas.

– Tenho de contar uma coisa a você, Leonardo.

Sua expressão mudou.

– O que foi? Fiz alguma coisa errada?

Ele me beijou:

– Não, meu bem. Você não fez nada errado.

– Então, o que foi?

Ele me beijou pela segunda vez:

– Ontem, a camisinha estourou. Só percebi agora de manhã.

– Então, você...

Com outro beijo, ele me interrompeu:

– Eu gozei dentro de você.

Fiquei muito nervoso.

– Cara, isso é ruim e...

Com as duas mãos em meu rosto, ele me interrompeu:

– Calma, Leonardo. Isso não é o fim do mundo.

– Lorenzo, isso é perigoso, cara, e...

Ele sempre me interrompia com um beijo:

– Leonardo, eu não tenho doença nenhuma. Você tem?

– Que eu saiba, não! Eu me...

Mais um beijo:

– Calma, Leonardo. Eu acredito em você. E, antes de dizer o que penso, quero te fazer um pedido. Posso?

Antecipei-me a ele:

– Que eu faça o exame? É claro que...

Mais um beijo:

– Não é nada disso, meu bem.

– O que é, então?

Beijamo-nos.

– Quer ser meu namorado?

Sorri de nervoso.

– Cara, eu quero, só que agora o assunto é outro. O que aconteceu é muito grave e...

Ele forçou um beijo:

– Isso é um "sim" ou um "não"?

– É um sim, mas...

Ele colocou a mão sobre minha boca:

– Se é um sim, proponho um pacto entre a gente.

Naquele momento, fizemos um pacto de vida e morte. Não usaríamos camisinha e teríamos de confiar plenamente um no outro. Não sei exatamente o que nos fez agir com tamanha imprudência, mas, com certeza, um desejo muito maior, e que poderia nos custar bem caro no futuro, deixou para trás todos os limites de segurança.

– Você pode não acreditar, Leonardo, mas estou completamente apaixonado por você.

– Também sinto o mesmo.

– Então dê um sorriso!

Beijamo-nos.

– Eu quero de novo, Leonardo.

– O que você quer?

– Você sabe.

Sorrimos.

– Impossível.

– Por que, meu bem?

Beijamo-nos.

– Ainda dói, Lorenzo. E, também, não estou muito acostumado a isso.

Mais uma vez nos excitamos.

– Por quê? Você não gostou?

– Gostei muito, mas...

Ele me interrompeu com um beijo.

– Então, meu bem, eu vou bem devagarzinho...

Passamos a tarde inteira no motel. E, mais uma vez, na escada da piscina, pude senti-lo dentro de mim.

– Amanhã, Leonardo, visitarei a tia de que mais gosto. Vamos comigo? Gostaria muito que você a conhecesse; afinal de contas, ela também será sua tia.

5

Confesso que, quando conheci Luiza, ou melhor, tia Luiza, fiquei encantado pelo misto de emoções que aquela simpática senhora apresentava. Seu mundo, acima de qualquer outro, transbordava sentimentos tão profundos que, pela simplicidade de exposição de seus pensamentos, transportava-nos para uma dimensão quase espiritual. Isenta do vazio urbano, pelo preenchimento cultural da alma, aquela senhora de tão claras idéias valorizava verdadeiramente o sentimento humano. De aparência envelhecida e decadente, o sobrado de Luiza parecia haver parado no tempo. Tecidos desbotados, quando olhados atentamente, diziam que no passado tudo devia ter sido muito bonito. O tom amarelo-ouro predominava tanto nas poltronas como nas cortinas da sala. Empoeirados, lustres, bandô e estante revelavam, até certo ponto, desprendimento com o mundo exterior.

– Tia, este aqui é o Leonardo.

– Que moço bonito! Muito prazer em conhecê-lo. Lorenzo me falou que você viria. Falamos muito de você ao telefone.

– Espero que ele tenha dito apenas as coisas boas.

Rimos, enquanto nos sentávamos nas confortáveis poltronas da sala.

– Você aceita um café, Leonardo?

Lorenzo e eu ficamos na sala, enquanto tia Luiza preparava o café na cozinha.

– Você não precisa ficar nervoso, Leonardo. Deixe-me ver suas mãos. Estão frias, cara.

– Não segure minhas mãos, sua tia pode nos ver.

Quando disse isso, tia Luiza já entrava na sala.

– Pronto. Nada como um cafezinho feito na hora. Podem se servir.

Lorenzo servia café para tia Luiza, quando comentou:

– Tia, ele está muito nervoso.

– Eu não...

Tia Luiza interrompeu minhas palavras, dizendo:

– Eu já havia percebido.

Olhando-me nos olhos, ela completou:

– Leonardo, pense assim: é tudo tão pequeno e temporário nesta vida, que não vale a pena ficar se maltratando com isso.

– Eu sei, tia. Posso te chamar de tia?

Com um sorriso, ela disse que sim.

– Eu concordo com a senhora, mas às vezes é difícil lidar com certas coisas.

– Leonardo, as ações são novas, mas pode ter certeza de que os sentimentos são bem antigos. Tente buscar o equilíbrio nesse tipo de raciocínio. Imagine que tudo não passa de um resgate. Poder resgatar o "eu" em vida é a melhor coisa do mundo.

Lorenzo me serviu uma xícara de café.

– Para você, meu bem.

Fiquei com tanta vergonha por ele ter dito "meu bem" na frente dela que por pouco a xícara não foi ao chão. Em meu socorro, ganhei um abraço e um beijo de tia Luiza.

– Não precisa ficar com vergonha, Leonardo. Vocês já são namorados e em pouco tempo até estarão morando juntos.

Mais uma vez, tia Luiza me beijou no rosto.

– Desculpem-me – falei.

Lorenzo pegou na minha mão:

– Você não tem de se desculpar de nada. Com o tempo, você se acostuma.

Tomei o café de uma só vez.

– Você já falou com sua ex-esposa? Ela já sabe que vocês vão morar juntos?

– Ainda não deu tempo, tia. Lorenzo e eu só decidimos isso no fim da tarde de ontem.

Com o olhar, ela me perguntou quando.

– Não sei exatamente, mas sei que tudo tem de ser feito da forma correta.

– Não esqueça, Leonardo, que o tempo não resolve nada, nós é que temos de ir atrás do que queremos.

Mesmo conversando com eles, peguei-me por diversas vezes pensando na vida. Lugares e, principalmente, pessoas que eram tão certos no meu dia-a-dia de repente não tinham mais importância. O que sempre dei como duradouro se resumia apenas num erro medíocre que cometi no passado. Agora sei o quanto é importante ser honesto com a gente mesmo. Ninguém consegue viver de forma verdadeira sendo o que não é.

– Lorenzo, faça-me um favor. Traga-me a lata com biscoitos que esqueci sobre a mesa da cozinha.

– São aqueles de chocolate amargo, tia?

Servia-me de mais um café quando começou a chover. Vista pelo vitral empoeirado da sala, uma fina chuva se encarregava de tornar mais evidentes ainda os cheiros do sobrado que, exaltados, criavam uma sensação diferente. Estimulado por esses odores, fui remetido ao tempo da rua Ivaí, 220 – o tempo de meus avós! Aos olhos de criança, a vila de casas de meu avô, com seu enorme portão de ferro, foi meu primeiro palco na vida. Cresci num mundo de sonhos, no qual meus "porquês", minhas dúvidas e minhas emoções flutuavam diante da infinita rigidez de meu avô, dotado de insuperável estabilidade moral e financeira. Se tudo e todos são tão perfeitos em minha família, como posso ter nascido com tantos defeitos? Como posso me sentir atraído por garotos, quando o correto seria suspirar pelas meninas? Certo de que havia um desvio moral em meu caráter, passei da infância à adolescência aprendendo a mentir, como na vez em que comecei a namorar Berta só para ficar próximo do irmão dela, meu querido Dori.

– Seu avô está muito contente com você! – minha mãe disse isso com muita satisfação.

– Por quê?

– Ele vê com bons olhos esse seu namorinho com a filha da italiana. É Berta o nome da moça, não é?

– É, mãe – os bons olhos de meu avô traduziam-se apenas em dinheiro, já que o pai de Berta tinha tanto quanto nossa família.

– Sabe, Leonardo, muitos casamentos começam assim, com namorinhos de criança.

Mais feminino do que a irmã, e só seus pais não notavam isso, Dori fazia parte de meus melhores sonhos e segredos aos 14 anos de idade.

– Pode entrar, Leonardo. A Berta já vai descer.

Malicioso – seus olhos diziam isso –, ele sempre me provocava ao usar um short azul-marinho, que, de tão apertado, realçava muito suas perfeitas formas arredondadas. Minha primeira masturbação na vida foi pensando nele, e só Deus sabe como eu pensava.

– Demorei muito?

– Quase nada, Berta.

Acho que se tivéssemos tido tempo, Dori e eu teríamos, de alguma forma, nos aproximado, mas a família de Berta foi obrigada a voltar rapidamente para a Itália. A lembrança de vê-lo caminhar, quase nu e sempre descalço, por entre as salas de decoração pesada é a melhor que guardo na memória, de um tempo que não volta mais.

Do zelo de meu avô, há muito enterrado no Cemitério da Quarta Parada, pouco restou. Vorazes e falidos herdeiros, enquanto brigavam na justiça por propriedades muito valiosas, deixaram ao tempo aquilo que não os interessava mais, como a vila. A fachada, hoje resguardada numa pintura a óleo, nada lembra das majestosas festas ao som de um gramofone inglês. Por que será que estou lembrando de tudo isso agora?

– O que tanto pensas, Leonardo?

– O que, tia?

Na verdade, ela não precisou perguntar de novo.

– Estou pensando no maior erro que cometi na vida.

Antes que tia Luiza pudesse dizer alguma coisa, Lorenzo afirmou:

– Acho que sei qual foi o seu maior erro. Ter se casado com Isabela.

Sorri.

– Não mesmo! Meu grande erro foi não ter me aceitado como realmente sou quando ainda era uma criança. Mas também, como dizem por aí, não adianta chorar pelo tempo passado.

Lorenzo começou a rir.

– Sabe o que é tia? No fundo, ele se acha velho demais. A senhora acredita?

– Velho, Leonardo? Você está na flor da idade!

Comecei a rir.

– Tia, eu não me sinto velho, mas também não tenho 18 anos. Daqui a alguns anos chegarei na casa dos 40.

– Você não aparenta a idade que tem, Leonardo. Parece muito mais jovem.

Apaixonada pelo comportamento humano e adepta da doutrina espírita, tia Luiza, antes de qualquer outra coisa, era uma estudiosa. Questionada por mim sobre a homossexualidade nas civilizações antigas, ela começou a explicar:

– Tanto na Grécia como em Roma, Leonardo, era normal que os homens tivessem relações sexuais com outros homens, além daquelas com mulheres; e o relacionamento entre os homens não era puramente pedagógico, mas intensamente carnal.

– Pedagógico? Não entendi, tia!

Após um leve sorriso, tia Luiza continuou:

– O adolescente grego, antes de se tornar homem, tinha de passar por um período de segregação com outro homem cuja função era preparar o adolescente para a vida adulta. E a experiência homossexual era um desses componentes.

– Interessante.

– Mais tarde, em Atenas, o relacionamento sexual entre o adolescente e o adulto perdeu o caráter institucional e ganhou sentido pedagógico. Entretanto, quando o rapaz se tornava adulto, deveria manter relações de forma ativa com ambos os sexos. Se continuasse a se comportar como passivo, porém, era tratado com desprezo pela sociedade, como testemunham as numerosas anedotas do dramaturgo Aristófanes sobre os adultos efeminados.

– E em Roma?

– Ao contrário dos gregos, os romanos viam o ato homossexual na vida adulta como característica de submissão, que em nada combinava com o povo que queria conquistar o mundo com as armas e o direito. A idéia da conquista política envolvia todos os aspectos da vida social, assimilando, inclusive, a conquista sexual. Portanto, o homossexual adulto era tratado com total desprezo. Já o adolescente romano, que era protegido pela lei Scantinia, poderia, se quisesse, praticar o ato homossexual, que não fazia diferença. Não podemos esquecer também que os costumes romanos mudaram muito ao longo dos séculos, a começar por César, que foi o primeiro a demonstrar publicamente sua passividade com os homens.

Tia Luiza pensou por alguns segundos antes de continuar:

– Platão, no século IV a.C., reproduz em *O banquete* possíveis conversas, entre Sócrates e amigos, sobre o amor e a virtude, nas quais um dos interlocutores de Sócrates, Pausânias, chega a propor que os exércitos sejam integrados por pares de amantes. Inclusive, consta que a vitória que os tebanos lograram sobre os espartanos, em Leutras, deveu-se ao vigor do batalhão sagrado de Tebas, formado de namorados.

Com a promessa de voltarmos no final de semana seguinte, Lorenzo e eu deixamos o sobrado pouco antes das dezoito horas. Na volta, enquanto Lorenzo dirigia o carro, adormeci pensando no batalhão sagrado de Tebas.

6

De sorriso largo, sempre disposto a ajudar, seu Honório não mediu esforços para conseguir o apartamento. Ocupando uma boa área útil de 135 metros quadrados, o apartamento em Pinheiros, mesmo não sendo tão encantador como o velho sobrado, seria perfeito para a nova fase de minha vida:

– Ficou bom?

– Ficou ótimo, seu Honório! Até parece outro apartamento!

– Por isso que eu sempre digo: nada como uma boa limpeza! E olha que isso foi praticamente um "tapa", pois a limpeza mesmo será feita pela moça que te indiquei.

Gustavo entrou na conversa:

– Ela é de confiança, Honório?

– Claro! Você acha que eu indicaria alguém ruim para o doutor?

Não gosto de ser chamado de doutor, parece coisa de velho.

– O senhor pretende se mudar quando, senhor Leonardo?

– Na sexta, se a moça conseguir limpar tudo até quinta. Qual é mesmo o nome dela?

– Vera Cruz.

Comecei a rir.

– O que foi, doutor?

– Nada de tão engraçado assim, é que eu conheço uma padaria com esse nome, lá no bairro onde minha mãe mora.

Sentei-me com Gustavo no chão da sala, sobre jornais espalhados, enquanto Honório foi para a área de serviço recolher o resto do lixo.

– E aí, como está sua cabeça? – perguntou Gustavo, com certa preocupação.

– Uma merda!

– Por quê? Foi ruim a conversa com Isabela?

Acendi um cigarro.

– Até que não. O problema maior é com meu filho, mesmo! Ele não tem consciência do que está acontecendo. Sinto-me um traidor, Gustavo.

Comecei a lacrimejar.

– Sabe, Gustavo, o que deveria ser excelente está se transformando numa grande culpa.

Gustavo colocou a mão sobre meu ombro.

– O que você está esquecendo, Leonardo, é que este apartamento também será do André. Você não disse que vai montar um quarto bem transado para ele?

– Disse não, eu vou!

– Então, cara! Pare de se culpar por isso.

Consegui sorrir.

– Você tem razão.

Ele também sorriu.

– Falando em razão, a cada quinze dias você terá de fazer mamadeira.

Rimos.

– Isso é fácil. Tiro de letra!

Gustavo me beijou no rosto.

– Cara, eu sou teu amigo até debaixo d'água.

Abraçávamo-nos quando Honório entrou na sala com uma pequena prateleira.

– Ela está boa. Devo guardá-la, doutor?

– Deixe-a na área de serviço. Será perfeita para produtos de limpeza.

Ele já deixava a sala, quando voltou.

– Ah, se o senhor precisar de ajuda com a mudança, pode contar comigo também.

Sorri.

– Com exceção do computador, não tenho mais nada para trazer.

– Mas, senhor Leonardo, tirando os armários embutidos dos quartos, aqui não tem mais nada!

Ele ficou verdadeiramente preocupado.

– Não se preocupe, seu Honório, ainda hoje passarei numa loja para comprar o básico. Até já fiz uma lista.

Nem as roupas eu traria. Deixá-las na velha casa daria certo conforto tanto para mim como para meu filho. A idéia era não mexer em nada.

– O senhor tem como fixá-la na parede acima do tanque?

– Como não! Faço isso agora!

É difícil trabalhar com a cabeça nesse zero a zero. Alegria e tristeza se confundem a todo instante em meus pensamentos.

– Agora que o Honório saiu, fale desse rapaz que você conheceu. Vocês vão morar juntos mesmo?

– Vamos, Gustavo, e o nome dele é Lorenzo.

Ele acendeu um cigarro.

– Você não acha pouco tempo para já dividirem um apartamento?

– Até acho, mas, do jeito que a coisa está indo, não é bem uma divisão. Na verdade, estou alugando o apartamento sozinho.

Gustavo tirou um envelope do bolso.

– Ah, quase ia me esquecendo! Ontem chegou uma intimação da policia para você.

– Deixe-me ver. Estranho! Do que será que se trata?

Gustavo e eu olhávamos um dos quartos quando a campainha tocou. Seu Honório gritou da cozinha, dizendo que atenderia.

– Senhor Leonardo, o senhor Lorenzo!

– Peça para ele entrar. Estamos no quarto.

Seu Honório acompanhou Lorenzo até o quarto.

– Fala, Lorenzo!

Cumprimentamo-nos com um abraço, e ele me beijou no pescoço.

– Deixem-me apresentá-los. Este é o seu Honório, que está me dando uma força e é encarregado do setor de manutenção da empresa. E este é o Gustavo, que também trabalha comigo.

Talvez o fato de estarmos na presença de estranhos tenha intimidado Lorenzo, pois ele quase não demonstrou reação ao conhecer o apartamento. Sem quase conversar, ele se manteve sério e sem opinião até a saída dos dois.

– Eu vou descer com eles, Leonardo. Tenho de pegar algumas coisas que esqueci no carro.

– Ok, Lorenzo. Vou deixar a porta da sala apenas encostada.

No hall, o zelo entre os três era tanto que um esperava pelo outro para entrar no elevador – e ninguém entrava!

– Se vocês continuarem com essa palhaçada, ninguém vai descer.

Seu Honório tomou a iniciativa de entrar, diante do impasse e do sorriso forçado dos dois.

– É isso aí, chefe. Se precisar de alguma coisa, é só ligar.

É impressionante como as dúvidas se multiplicam em minha cabeça. Acredito fielmente que a falta de experiência em avaliar o novo pode realmente destruir uma pessoa. Eu sou uma dessas; acostumado ao cabresto social, nunca sei se estou mais próximo de Deus ou do Diabo.

Suaves batidas na porta.

– Pode entrar, está aberta!

Lorenzo entrou com uma garrafa de champanhe e duas taças de cristal.

– Me ajude aqui.

– Caramba! Como está gelada.

– Nada que um isopor cheio de gelo não resolva.

Com muitos beijos e champanhe, brindamos a uma nova vida.

– Você ainda não me disse, Lorenzo!

– O quê?

– O que achou do apartamento.

Um sorriso fraco.

– Eu adorei, meu bem.

Eu o beijei.

– Aconteceu alguma coisa, Lorenzo?

Silêncio.

– Aconteceu.

Silêncio.

– Sabe, meu bem, não gostei de encontrar esse tal de Gustavo aqui no nosso apartamento.

– É isso? Mas ele é meu amigo e me ajuda pra caramba. Você não está achando que...

Lorenzo interrompeu minhas palavras:

– Meu bem, não estou achando nada. A única coisa que sei é que não quero ninguém entre a gente e...

Interrompi Lorenzo:

– Mas ele não está entre a gente e...

Lorenzo me beijou.

– Meu bem, nós estamos praticamente casados, e encontrá-lo aqui foi uma decepção. O Honório veio trabalhar, e esse Gustavo? Veio fazer o quê?

– Trazer o Honório de carro e me fazer companhia.

– Se você tivesse me ligado, eu teria ido buscar o Honório.

Antes que eu pudesse dizer alguma coisa, ele falou:

– Meu bem, não quero estragar esse momento tão especial com pessoas estranhas. Me dá um beijo?

Lorenzo começou a me tocar.

– Já está desse jeito, Leonardo?

– Você me deixa assim.

Com o apartamento vazio, encostarmo-nos na pia da cozinha foi a melhor solução. Nus da cintura para baixo, apenas descemos a calça e a cueca até os tornozelos e começamos a brincar como dois moleques.

– Eu acho que ele está me pedindo um beijo, Leonardo.

Antes que ele se abaixasse, tirei seu paletó e pendurei-o na suja maçaneta da porta.

– Agora, pode beijá-lo, cara.

Foi muito excitante vê-lo de camisa e gravata, vermelha por sinal, brincando com meu corpo. Esse contraste do social com meu velho e surrado jeans excitou-me ainda mais.

– Não, Lorenzo.

Ele se levantou.

– Você não quer gozar, meu bem? Eu não posso me demorar muito. Tenho uma reunião daqui a pouco.

Beijamo-nos.

– Eu quero gozar, mas não desse jeito.

De costas para mim e debruçado sobre a pia da cozinha, ele finalmente foi meu. Sem lubrificação – apenas lambuzei-o com saliva –, tive de me conter por diversas vezes para não o machucar.

– Isso, Leonardo, vai... vai, cara!

Gozamos juntos.

– Cara...

Ele não conseguia falar e, a exemplo do que fez comigo, continuei dentro dele.

– Você... não vai tirar?

– Calma, ainda estou soltando dentro de você.

Nossas pernas estavam trêmulas.

– Pronto.

Beijei-o na nuca.

– Cuidado para não sujar minha calça. Ainda tenho uma reunião, lembra?

Frente a frente e de calças arreadas, beijamo-nos.

– Agora você vai para a reunião levando um pouquinho do seu namorado junto.

– Eu te amo, meu bem.

– Eu também te amo, Lorenzo.

Infelizmente, fui sozinho às compras. Teria sido muito legal se pudéssemos ter feito isso juntos.

7

Ao contrário das pessoas de comportamento humilde, cujo medo alimenta o poder do descaso com que são tratadas, fui atendido quase que imediatamente na delegacia. Solicitado a comparecer na sala 5, esperei por meu inquisidor num ambiente de decoração fria, onde os móveis, muito desgastados, faziam que a obsoleta máquina de escrever parecesse um microcomputador de última geração:

– Sente-se, senhor Leonardo. Aliás, posso chamá-lo de Leonardo ou você prefere que eu use o senhor?

– Pode me chamar apenas de Leonardo.

Detesto quando me chamam de senhor. Sou muito jovem para isso.

– Você conhece Adriano Braga de Souza?

Senti um frio na espinha.

– Conheço! Por que, detetive? Aconteceu alguma coisa ele?

– Eu faço as perguntas, seu Leonardo.

Após ter folheado algumas páginas de uma pasta amarela que estava sobre a mesa, ele continuou.

– Qual o seu relacionamento com Adriano?

Difícil responder a essa pergunta.

– Somos amigos! Por quê?

– Senhor Leonardo...

– Desculpe-me, detetive. O senhor é quem faz as perguntas.

Andando pela sala, ele continuou:

– Vocês não eram simplesmente amigos, portanto vou repetir a pergunta. Qual o seu relacionamento com Adriano Braga de Souza?

– Amigos... com... certa... intimidade.

– O que significa “certa intimidade”, seu Leonardo?

Comecei a suar frio.

– Adriano é homossexual, e eu sou bissexual.

– E qual a diferença?

Levantei-me.

– Muito diferente! O bissexual...

– Sente-se, senhor Leonardo! Eu sei a diferença entre um e outro, mas no fundo é tudo a mesma coisa!

Ignorante! Aquela afirmação me irritou profundamente.

– Pois bem, senhor Leonardo, vamos voltar à questão.

Novamente ele se levantou.

– O que significa “certa intimidade”, seu Leonardo?

– Nós transávamos.

– Sexualmente?

Por pouco não dei uma resposta atravessada.

– Sim.

Ele não era muito rápido ao pensar.

– Estou correto em afirmar que vocês são namorados?

– Claro que não! Nunca fomos. Na época em que estávamos juntos, nós só saíamos para curtir.

– E o que vocês faziam para “curtir”, seu Leonardo?

– Nós?

– É. Vocês.

Demorei a responder.

– Posso acender um cigarro, detetive?

– Fique à vontade, e pode me chamar de Sampaio.

Perdi completamente o controle.

– Me desculpe, detetive Sampaio, mas é difícil falar de intimidades com estranhos.

Ele me ofereceu um copo com água.

– Infelizmente, é necessário que o senhor responda a todas as perguntas. Portanto, dando seqüência à questão, especifique o “curtir”.

– Tudo bem, mas posso dizer uma coisa antes?

– Diga.

Pela janela da sala, vi Olavo e Adriano saindo de uma espécie de ante-sala. Imediatamente, Sampaio fechou a persiana.

– Diga, seu Leonardo.

– Sabe, detetive, eu tenho um nome a zelar; e, por outro lado, o que eu faço na cama só diz respeito a mim mesmo.

Sampaio garantiu que minhas informações seriam mantidas em sigilo. Mesmo não acreditando muito nisso, envolver um advogado agora poderia ser precipitado demais, então continuei:

– O que você quer saber, mesmo?

– Quero que você especifique o "curtir".

Respirei fundo.

– Adriano e eu saíamos com alguns rapazes. Tipo, um ou dois ao mesmo tempo.

– Especifique mais.

Lembrei da palavra que me faltava.

– Nós brincávamos em grupo. É mais ou menos isso.

– Orgia?

– Não! Orgia é muito forte. É grupinho, mesmo!

– E nesse "grupinho", qual era o comportamento do senhor Adriano?

– Normal, com exceção...

Sampaio olhou-me por cima dos óculos.

– Com exceção de quê?

– De certa agressividade que ele tinha com os rapazes.

– Agressão física?

– Não é bem agressão física.

– Especifique, seu Leonardo!

É difícil ter de especificar tudo. Falar é uma coisa; fazer é outra completamente diferente.

– Me faltam palavras, Sampaio.

Colocando os óculos sobre a mesa, ele continuou:

– Você aceita um café?

Acenei com a cabeça que sim.

– Então vá pensando nas palavras, enquanto vou buscá-lo.

Com certeza, houve empatia entre Sampaio e mim.

– Pensou?

– Vou tentar te explicar.

Acendi outro cigarro.

– Não concordo com muita coisa que Adriano faz. Por isso, até, não namoramos. Não dá para ter afetividade com parceiros novos a cada semana. Você entende?

– Entendo, mas especifique o que vocês faziam.

– Eu não fazia nada, Sampaio! Quem fazia era ele.

Dei um gole no café.

– Então diga o que ele fazia!

Respirei fundo.

– Ele sempre começava "manso" e depois era cometido por uma espécie de "raiva". O prazer de Adriano vem do sofrimento dos outros.

Dei mais um gole no café.

– Continue.

– Aí, em pleno ato sexual, começavam as mordidas que machucavam, os tapas no rosto... querer colocar a mão dentro dos caras... frases de impacto para humilhá-los... Uns até gostavam, outros não... E é isso.

Sampaio me pediu um cigarro.

– Algum detalhe em especial nessas mordidas, seu Leonardo?

– Sim. Ele adora morder lábios e línguas.

Silêncio.

– E os rapazes aceitavam isso numa boa?

– Claro que não! Tanto que, muitas vezes, eu tinha de intervir para acalmar os ânimos, senão muitos sairiam na porrada.

Pensativo.

– Ele também fazia ou faz essas coisas com você?

– Não. Comigo ele é totalmente submisso. Parece até outra pessoa.

Achei melhor não contar a ele sobre os objetos estranhos que Adriano também gostava de colocar dentro dos caras. Era um vale-tudo, e o que estivesse à mão entrava.

– Esses rapazes saíam porque queriam ou eram pagos?

– Nunca pagamos ninguém. Pagávamos apenas o hotel e, de vez em quando, um táxi.

– E drogas?

– Maconha, mas era raro.

Resolvi omitir o uso freqüente e excessivo de maconha, sem contar os comprimidos diferentes que, às vezes, um ou outro rapaz trazia.

– Você se lembra de ter saído com um rapaz chamado Felipe?

– De nome, assim, é difícil. Saíamos com tanta gente.

Sampaio tirou uma foto da gaveta.

– É este o rapaz. Conhece?

– Sampaio! Se o rapaz dessa foto tiver 10 anos, é muito!

– Eu sei que a foto é um pouco antiga, mas a mãe dele não tem nenhuma recente. Hoje ele está com 19 anos mais ou menos.

Reconheci o rapaz da foto.

– Saímos com ele, sim! É ele mesmo, mas foi numa situação diferente.

Sampaio arregalou os olhos.

– E quando foi isso?

– Há, pelo menos, uns dois meses.

Visivelmente decepcionado, ele levou as mãos à cabeça.

– E que situação diferente foi essa?

– Foi numa festa na casa de Adriano, e o rapaz só ficou comigo naquele dia.

– Foi a última vez que você o viu?

– Foi. E, quando ficamos juntos, não aconteceu nada daquilo que te contei.

– Nem maconha?

– Nada.

Após pedir mais um cigarro, Sampaio continuou.

– O Felipe está desaparecido há quase uma semana. A última vez que foi visto, estava com Adriano num bar chamado 766. O interessante é que, um dia antes de desaparecer, ele estava com os lábios bem machucados.

Guardando a pasta amarela dentro de um arquivo de aço todo enferrujado, Sampaio finalizou.

– Por enquanto é isso, seu Leonardo. Seu depoimento coincide com todas as informações que andei averiguando por aí. Se precisarmos de mais alguma coisa, faremos contato.

Como demorei para levantar da cadeira, ele perguntou:

– Algum problema?

– Não, é que, apesar de nada ter sido datilografado, eu não teria de assinar um depoimento?

– Apesar de você estar numa delegacia, tudo ainda é informal. Nenhuma ocorrência foi registrada. Se ele não aparecer nos próximos dias, aí sim tudo passará a ser oficial.

Hesitei em perguntar, mas perguntei:

– O senhor é parente dele?

– Sou amigo da mãe dele.

Disposto a entender o que realmente estava acontecendo, esperei do lado de fora da delegacia por Olavo e Adriano. Esperar é a pior coisa do mundo; distraído pelo tempo, fui surpreendido por um grito:

– Fala, garoto! Só assim mesmo para você aparecer!

Adriano e eu nos cumprimentamos com um abraço.

– Você tá bonito, Leonardo! Tá mais magro; tá mais chique. Me dá outro abraço!

Adriano disse isso já me abraçando exageradamente.

– Você também está muito bem, Adriano.

– Essa é nossa diferença, Leonardo!

Ele sorriu antes de continuar:

– Enquanto eu digo que você está lindo, você só diz que eu estou muito bem.

Seguimos até a padaria da esquina, ele insistindo em manter o braço sobre meu ombro.

– E seu pai?

– Já pegou a estrada e te deixou um abraço.

Eu pedi um café; e ele, um chocolate pequeno.

– Vou te fazer uma pergunta Adriano, e quero a verdade.

– Pergunta!

– Você está envolvido com o desaparecimento desse rapaz?

– Não entendi a pergunta, detetive!

– Estou falando sério, Adriano. Não brinque!

– Não estou brincando, Sampaio!

Rimos.

– Agora, falando sério mesmo, é lógico que não tenho nada que ver com isso. No mínimo o rapaz conheceu um cara e foi dar a bunda em outra cidade ou estado, sei lá!

– Precisa falar desse jeito?

Adriano sorriu antes de responder:

– Não esqueça que somos exatamente iguais, Leonardo! O que muda é que enquanto eu falo o que penso, ou seja, a verdade, você fica nessa de ser socialmente correto. Ele foi dar a bunda e pronto!

Antes que eu pudesse dizer alguma coisa, ele completou:

– Ou isso é pura preocupação com a bundinha do Felipe?

– Não brinque assim, isso é sério!

– E quem disse que estou brincando? Você está preocupado com a bundinha dele pois, se pudesse, comeria o moleque de novo, como fez na festa lá em casa. E o detetive Sampaio está preocupado em ficar bonito na fita, porque deve estar comendo a mãe do rapaz. Quem é pior?

– Hoje você tá foda, hein?

– Foda é o mundo! Ah, e tem mais! Essa não é a primeira vez que o rapaz desaparece. Foi por isso que nenhuma ocorrência foi registrada até agora.

– Você já deve ter fumado alguma coisa, não é possível.

Ele se aproximou de mim.

– Ainda não, mas que tal fazermos isso juntos lá em casa?

– Não posso. Quem sabe outro dia!

– Ultimamente, você nunca pode, Leonardo.

Não agüento esse olhar de "pedinte" que ele faz.

– Nem uma carona até em casa? Você vai me deixar aqui sozinho?

– Eu te dou uma carona, mas não vou poder entrar. Tudo bem?

– Tudo.

Sorrimos.

– Ah, e sem sacanagem no caminho. Promete?

– Prometo. Palavra de escoteiro!

Até hoje não entendo como ele consegue dar festas no apartamento sem ser preso. Impossível que ninguém naquele prédio, principalmente os vizinhos do andar, não sintam o forte cheiro de maconha. Foi numa dessas festas, a primeira, se não me engano, que conheci Felipe.

– Pensei que meu meio-namorado não viesse mais!

Mal sabe ele que me preparei a semana toda para essa noite.

– Que história é essa de meio-namorado?

Beijamo-nos rapidamente na boca.

– Já que você não quer ser meu namorado, que seja pelo menos meu meio-namorado!

Sorrimos.

– Cada dia você inventa uma diferente!

Ele sorriu sarcasticamente.

– Você ainda não viu nada, Leonardo!

– Devo encarar isso como uma promessa?

Abraçados, ele me apresentou a todos os rapazes. E o mais interessante é que só podíamos nos cumprimentar com beijos na boca. Não beijinhos de lábios encostados, beijo de língua mesmo e, pelo que entendi, essa era a primeira regra de muitas outras.

– E aí? O que achou dos meus convidados?

Sorrimos.

– Todos bem interessantes!

– Lógico que são! Você acha que eu convidaria caras feios?

Beijamo-nos.

– Vai se enturmando, Leonardo, que estou num esquema que não posso parar.

Ele me beijou.

– Onde tem cerveja, Adriano?

– Pegue na geladeira. As do freezer estão mais geladas.

Da feminilidade de alguns, sempre escorregadia entre músculos e pêlos, podíamos nos lambuzar na realização dos desejos mais profundos. Dos rústicos de alma, cujos traços da imperfeição se confundiam com uma masculinidade mais agressiva, brincávamos de gato e rato e, quase sempre, os ratos comiam o gato.

– Quer experimentar? – disse o loirinho à minha frente.

– O que é?

– Não sei do que é feito, mas é muito bom.

Ele estava bebendo *mojito*.

– Mas o que você está fazendo todo escondidinho aqui na cozinha? – eu disse, pegando a cerveja no freezer e devolvendo o copo a ele.

– Não estou escondido. Só gosto de ficar na minha. Quer?

Fumamos maconha juntos.

– Você e o dono da casa são namorados?

– O Adriano? Claro que não. Você não o conhece?

– Conheci hoje, mas não me liguei no nome dele. Um amigo me trouxe aqui.

Levando o toco de maconha à boca, dei mais uma tragada.

– E do meu nome, você lembra?

– Também não – disse ele num sorriso.

– Leonardo, e o seu?

– Felipe.

Eu tomei a iniciativa de beijá-lo. Com os braços dele já envolvidos em meu pescoço, deixei-me seduzir pela delicadeza frágil e miúda daquele bonito rapaz que, na ponta dos pés, tentava me alcançar. Beijamo-nos e envolvemo-nos por tanto tempo na cozinha, que a festa já não tinha mais importância alguma.

– Quero você dentro de mim, Leonardo.

Não dava mais para segurar tamanho desejo e, sob o olhar inquieto de Adriano, que vez ou outra nos espiava, resolvi, de mãos dadas, levar Felipe ao quarto.

– Leonardo! Vocês... – sem completar o que ia dizer, Adriano apenas se aproximou de nós no corredor da sala.

– Vamos. Eu acho que tenho esse direito.

Olhei para Felipe e, em seguida, beijei Adriano na boca.

– Nós já voltamos.

Seu comportamento na cama era bem feminino; entregando-se como uma mulher, contorcia-se por inteiro embaixo de mim, ao sentir-se violado com força. Sem tirar de dentro, e ao som de *Ray of light*, de Madonna, inundei de esperma por duas vezes a mesma camisinha.

8

Sustentados por uma forte atração sexual, Lorenzo e eu completamos quatro meses de namoro. Vivíamos como casados, e ele dormia todas as noites em casa. Suas roupas, seus perfumes e demais objetos pessoais, que não eram poucos, foram ocupando, dia após dia, o closet do apartamento em Pinheiros. Em euforia, após anos de agruras, tornei-me reto e fiel a meus desejos mais primários: viver, estar, dormir e amar Lorenzo todos os dias era o que mais me importava na vida, além dos cuidados com meu filho.

– Hoje você fez certo!

Com dois copos de Jack Daniel's nas mãos, Gustavo aproximou-se de mim.

– Do que você está falando, Gustavo?

– De você não ter trazido Lorenzo para a recepção.

– Você é que não o viu. Ele está ali.

Com o copo na mão, apontei para Lorenzo, que estava do outro lado do salão.

– Você viu que ele está conversando com a Roberta? Aquela mulher é uma víbora! Pode ser perigoso para vocês!

Com o braço sobre os ombros de Gustavo, tentei acalmá-lo enquanto buscávamos mais uma dose de Jack Daniel's, já que no meu copo só tinha gelo.

– Não se esqueça, Gustavo, de que ela quer abrir uma loja no shopping para a filha administrar, e ele é designer. O que você acha que ela quer com ele?

– Não sei, não! Você está se expondo demais. Vez ou outra que você o trouxesse, tudo bem! Agora, trazê-lo a todas as recepções é muita bandeira! Ainda mais sendo tão jovem como é!

Comecei a rir.

– Ele não é tão jovem quanto parece. Temos quase a mesma idade.

– Mas ele parece mais jovem.

– Parece porque tem o corpo miúdo; parece porque se veste de acordo com a moda; parece porque tem o pensamento jovem. Não é como nós, que somos obrigados a rezar na cartilha do senhor Victor, a começar pelo terno sempre preto.

Apesar de minha aparente tranqüilidade, Gustavo percebeu que havia algo errado.

– Você quer me dizer mais alguma coisa, Leonardo? Nós somos amigos, lembra?

Sorrimos.

– Aqui entre nós, Gustavo, eu também acho errado trazê-lo a todas as festas e recepções.

– E por que traz?

Dei um grande gole no uísque.

– Porque ele não abre mão desse direito.

Gustavo ficou alterado.

– Mas ele tem consciência que isso põe em risco seu trabalho?

– Tem, mas mesmo assim não abre mão.

Gustavo deu um grande gole no uísque.

– Me desculpe, mas acho que você está errado! Eu, em seu lugar, não o traria!

Fomos interrompidos pelo senhor Victor:

– Leonardo!

– Pois não, senhor Victor.

Abraçamo-nos.

– Parabéns pelo desempenho na distribuição de nossas revistas no último mês. Ontem vi o relatório no processamento; se não fosse pela péssima distribuição na cidade do Rio de Janeiro, nossa média nacional estaria abaixo dos 3% de reclamações.

– O Rio é sempre um problema, senhor Victor. Nem o correio consegue fazer uma distribuição eficiente.

Gustavo entrou na conversa:

– Mas por que é tão difícil entregar produtos no Rio, Leonardo?

– Infelizmente, é uma cidade sem muito controle. Varias facções, além da prefeitura, dominam o Rio de Janeiro. Tem lugares em que ou o entregador não entrega por medo de ser assaltado, como aconteceu diversas vezes com nossos rapazes, ou tem de sair pagando pedágio aos traficantes.

– Complicado, hein!

– Bastante, Gustavo.

Profissionalmente falando, essas recepções mensais, ou socializações, como diz o senhor Victor, em nada contribuem para o bom andamento da empresa. Como marionetes, cada diretor deve apresentar slides, sempre no palco ao lado do seu ente querido, sobre como se comportou sua diretoria com relação aos objetivos propostos. O velho acha que isso cria certa cumplicidade da família com a empresa. Isabela detestava participar desses eventos, nos quais, por recomendação de dona Antonieta, esposa do senhor Victor, todas as senhoras de diretores deveriam sempre trajar tailleur azul marinho ou preto.

– Leonardo! Acho que Lorenzo está te chamando – disse Gustavo, com certa apreensão.

A distância, pedi a ele que aguardasse.

– Ultimamente, Antonieta e eu temos observado que esse seu primo do interior está presente em todos os nossos eventos. Ele não trabalha? Não tem outras responsabilidades, Leonardo?

Por pouco pensei que Gustavo fosse desmaiar.

– Ele trabalha como designer de moda, senhor Victor, e só me acompanha por ainda não ter amigos aqui na capital.

Despedindo-se de nós, ele deixou seu recado:

– Eu tenho certeza, Leonardo, de que esse seu primo fará amigos rapidamente, ainda mais numa área tão alegre e comunicativa como a dele. Você não pensa o mesmo, Gustavo?

A voz de Gustavo saiu para dentro:

– Penso, senhor Victor.

Por alguns minutos, permanecemos em silêncio.

– Se você tinha duvidas para decidir, Leonardo, agora...

Interrompi Gustavo:

– Eu entendi o recado, Gustavo. Só não sei como vou resolver isso.

Sem coragem para dizer a Lorenzo o que o senhor Victor havia dito, isso poderia ofendê-lo demais, apenas pedi a ele que pensasse na possibilidade de não comparecer às recepções, até que a poeira dos comentários se acomodasse. Nervoso, ele passou a não responder a nenhuma de minhas perguntas e, em completo silêncio, voltamos ao apartamento.

Eu ainda fechava a porta da sala quando ele resolveu falar:

– Sabe, meu bem... eu não quero brigar. Por isso resolvi ficar quieto.

Tentei falar e ele não deixou:

– Quando você inventou essa história ridícula de primo do interior, eu não gostei, mas aceitei...

Interrompi Lorenzo:

– Mas era o único jeito de...

Pela segunda vez, ele não me deixou falar:

– Agora... pedir para eu não te acompanhar nas festas, eu não aceito e pronto! Ainda mais porque isso deve ser coisa daquele Gustavo.

– Não é o Gustavo o problema! As pessoas estão comentando sobre a gente, e isso pode me fazer perder o emprego!

– O que é mais importante para você? Eu ou seu emprego?

– É claro que é você, mas...

Lorenzo me abraçou.

– Então me beije.

Lorenzo começou a afrouxar minha gravata.

– Meu bem, o que me incomoda nele é o jeito como ele gruda em você! Você entende? Imagine se a situação fosse o contrário! Você gostaria que alguém grudasse no pé do seu amor?

Ele começou a desabotoar minha camisa.

– Você está achando que o problema é o Gustavo, quando na verdade não é! Ele não é gay e, mesmo que fosse, eu jamais trairia você!

Lorenzo começou a beijar meu peito.

– Você está prestando atenção no que eu estou falando, Lorenzo?

– Claro, meu bem.

Ele continuou beijando meu peito.

– Eu tenho medo de perder o emprego, cara. Hoje o senhor Victor até deu uma indireta, por isso acho importante você dar um tempo. Deixe de ir algumas vezes... só até a poeira baixar, Lorenzo.

– Não existe "tempo" entre mim e meu amor.

– Mas...

Fui interrompido com um curto beijo na boca.

– Meu bem, não vamos mais falar sobre isso. Não quero brigar. Que tal uma massagem?

Nós ainda estávamos em pé na sala quando ele, agachado, começou a tirar meus sapatos e meias.

– Aceito, mas preciso comer alguma coisa antes. Bebi demais e meu estômago não está legal. Pensei em pedir comida chinesa. O que você acha?

– Que tal comer outra coisa?

Rimos.

– Estou falando sério, Lorenzo.

– Eu também, amor.

Beijamo-nos.

– Então peça logo sua comida. Vou te esperar no quarto, amor.

– Você não vai comer?

– Não estou com fome nenhuma.

Beijamo-nos.

– Não demore, amor. Te espero no quarto.

Após pedir o frango xadrez com molho agridoce de que tanto gosto, sentei-me no chão da sala para tentar, inutilmente, entender certa angústia que, por vezes, insiste em me visitar. Mesmo com todo o carinho que recebo espontaneamente de Lorenzo, é estranho estar com ele em certos momentos.

– Alô? Pode mandar subir.

Arregalei os olhos visivelmente ao ver rapaz tão bonito.

– Boa noite!

– Boa noite.

Percebi nele certo constrangimento por eu estar apenas de calça social, sem camisa e descalço.

– Aqui está seu frango xadrez e seu molho... – ele leu a comanda – agridoce. Bom apetite!

Ao pegar as caixas, toquei propositadamente em suas mãos.

– Qual é seu nome?

– Marcos, e o seu?

– Leonardo.

Com certeza o rapaz não estava se sentindo muito confortável.

– Obrigado... Marcos!

Da porta do apartamento, esperei junto com ele que o elevador retornasse.

– Deve ser muito corrido seu trabalho!

Percebendo que os meus olhos insistiam em cruzar com os dele, logo ficou descompensado.

– Chegou! Tchau... Leonardo.

– Tchau, Marcos.

Mesmo não me passando pela cabeça trair Lorenzo – eu jamais faria isso namorando –, eu simplesmente não consigo deixar de criar situações como essa, que tanto bem me fazem. Quando criança, na hora de dormir, eu pensava em todas as brincadeiras que fizera durante o dia, até adormecer. Hoje, penso em todas as situações que criei.

– Só agora a comida chegou? Pensei que você já ia pro quarto!

Fui abraçado por trás.

– Por que tanto desespero?

– Não é desespero, é tesão mesmo!

Por fim, Lorenzo e eu jantamos juntos.

– Você falou com a Vera, Leonardo?

– Sobre?

– As calças jeans.

Deixei cair molho na calça.

– Falei. Na cabeça dela, era correto fazer vinco em calça jeans. Agora ela já sabe que não pode.

– Bem burra mesmo!

– Ela não é burra. Só não sabia.

– Sujou a calça?

– O que você acha?

Ao contrário de Lorenzo, que mantém certa distância dos empregados, eu, a exemplo de minha avó Ana, gosto muito de me aproximar deles. Com Vera Cruz não foi diferente.

9

Graças a Deus era sábado. Impaciente demais para continuar deitado na cama, levantei-me com cuidado para não acordá-lo. Sem encontrar um short sequer – eu não quis acender a luz, senão ele me faria voltar para a cama –, deixei o quarto apenas de cueca.

– Bom dia, seu Leonardo!

– Que susto, Vera!

Terminei de fechar a porta do quarto com cuidado.

– Nossa! Como o senhor está acabado!

– Obrigado, Vera! Você não podia ser mais gentil!

Cumprimentamo-nos com beijos no rosto.

– Mas é verdade! Vá ao espelho ver o rosto. Nem o branquinho dos olhos tem mais. Está tudo vermelho.

Com exceção do carinho e do sexo, nada mais em minha vida caminhava bem. Lorenzo era filho de pai rico e não precisava trabalhar todos os dias, um dia por semana já era o bastante. Então saíamos todas as noites e nunca voltávamos antes das três da madrugada. Foi no banheiro, depois de brigar muito com o espelho, que aceitei o reflexo do rosto destruído.

– Seu Leonardo, o café já está na mesa!

– Já estou indo, Vera!

Após usar um colírio que clareia os olhos, entrei bem mais animado na cozinha.

– Veja meu rosto agora. Melhorou?

– Não!

Rimos.

– Você não sabe o que fala, Vera!

Ainda ríamos.

– Desculpe, mas não vou mentir só para te agradar.

Sentei-me confortavelmente num dos quatro banquinhos de madeira, na verdade nada confortáveis, mas que combinavam perfeitamente com a mesa de parede da cozinha.

– Seu Leonardo, aproveite e me dê essa cueca para lavar.

– E vou ficar pelado?

– Troque por outra. Tem cueca limpa no varal.

Eu ainda trocava de cueca na área de serviço quando ela gritou.

– Já coloque a cueca suja dentro da máquina.

– Mas pode? Não vai misturar a cor?

A máquina já estava trabalhando.

– Se eu estou dizendo, é porque pode! Essa lavagem é só de roupas brancas.

Voltei para a cozinha.

– Vocês chegaram tarde ontem?

– Quatro horas da manhã.

Vera serviu-me uma xícara grande de café.

– Xi, então o seu Lorenzo só vai acordar no fim da tarde.

Acendi um cigarro.

– Vocês saíram a semana toda, é?

– Saímos.

Vera sentou-se na minha frente, num dos banquinhos.

– Essa história não vai acabar bem, seu Leonardo! O senhor tem de fazer alguma coisa. O senhor continua chegando atrasado no serviço?

– Todos os dias! Já foi o tempo das oito da manhã. Ultimamente não consigo chegar antes das dez horas.

– Tá vendo! Não sei como ainda não mandaram o senhor embora.

Pedi a ela que colocasse mais café na minha xícara.

– O pior, Vera, é que não sei mais o que fazer. De nada ele abre mão! Tudo tem de ser do jeito dele.

Ela serviu-se de uma xícara de café.

– Eu acho que, se o senhor gosta dele, deve ficar com ele, mas tem de haver um jeito de o senhor não se prejudicar no trabalho.

– O ideal, Vera, seria que ele também precisasse trabalhar, mas é filho de pai rico.

Vera ficou ligeiramente alterada.

– Toda vez que o senhor fala isso me dá raiva! Se é tão rico, por que não divide as despesas do apartamento com o senhor? Ele não paga nada!

Acendi mais um cigarro.

– Eu sei bem o que o senhor está passando. Quando conheci Luana, passei pelas mesmas coisas e, se não fosse pela orientação de tia Rosa, eu já estaria morta. Sabe, seu Leonardo, Luana é tão "avoada" quanto o senhor Lorenzo.

– Quem é tia Rosa?

– A dona da pensão. Sabe, seu Leonardo, às vezes eu tenho dúvidas se realmente Luana gosta de mim. Tia Rosa diz que não.

Uma lágrima desceu pelo rosto de Vera.

– Sabe, seu Leonardo, a pior coisa que aconteceu comigo foi perder o emprego na fábrica. Deus sabe o quanto eu gostava daquele lugar. Por isso, tome cuidado com seu emprego!

Mais uma lágrima desceu pelo seu rosto.

– Eu já contei para o senhor como tudo aconteceu?

– Não.

– Posso contar?

Eu mesmo me servi de café.

– Estou pronto, Vera. Pode começar.

– Tudo começou quando tia Rosa me ouviu chorando baixinho no quarto...

Todos no cortiço comentavam. Ser enganada pela melhor amiga fez Vera chorar. Ela, sem muita vontade, tentava arrumar as poucas roupas que sobraram nas gavetas da cômoda, quando tia Rosa entrou.

– Não sobrou quase nada, não é Vera?

Por instantes, Vera pensou em abraçar tia Rosa. Precisava muito de um ombro amigo, mas, apesar de todo o carinho demonstrado, tia Rosa (todos no cortiço a chamavam de tia) nunca teve qualquer contato físico de amizade com ninguém.

– Sabe Vera, não se pode confiar tanto nos outros. Sempre achei essa sua amiga muito estranha. Mas, também, o que você pode esperar de uma pessoa que conheceu num baile?

Vera apenas ouvia. Difícil falar quando se tem vontade de chorar.

– Quando vi vocês duas enfiadas no quarto, com muito titi-ti, já sabia que coisa boa não ia sair!

Vera apenas escutava.

– Não se faz amizade tão rápido assim! Você conhece a moça no sábado e no domingo já fica o dia inteiro enfiada com ela no quarto! Qual é o nome dela mesmo?

– Luana.

Vera começou a chorar baixinho.

– Agora não adianta derramar lágrimas. Tonta você já foi.

De cabeça baixa, Vera tentava segurar o choro.

– Vera, a sua única preocupação tem de ser com o trabalho. Já pensou se o Honório não tivesse te arrumado o emprego de doméstica? Como você se manteria? Tenho algumas calcinhas que já não uso mais. Vou dá-las a você. Bastam alguns pontos e elas ficarão do seu tamanho. Vá descansar minha filha, vá.

– Não acho que fui roubada, tia Rosa.

– Como não? Que nome se dá a quem pega as coisas dos outros sem avisar?

– Acho que ela só pediu emprestado e...

Tia Rosa interrompeu Vera:

– Mas você é tonta, mesmo! Onde já se viu alguém pegar sete calcinhas emprestadas de uma só vez?

– Eram seis.

– Que seja, menina! Deixe de ser tonta.

Tia Rosa andava de um lado para o outro do quarto.

– Isso sem falar que o cortiço inteiro está comentando que você é mulher-homem!

– Mas eu...

– Não fale nada! Eu prefiro não saber! Agora vá descansar, para ver se entra um pouco de juízo nessa sua cabeça!

Disposta a um banho, Vera teve sorte, pois não havia ninguém na fila. Sentada no vaso sanitário, ela esperava que o ar úmido do último banho tomado se dispersasse, quando gritaram da porta:

– Quem está aí? Vai demorar?

– Sou eu: Vera. Vou tomar banho.

– E por que não abriu o chuveiro?

– Estou ocupando o vaso.

Na verdade, o que Vera sentia era certo desapontamento com a vida. Ser demitida da fábrica acabou com todo o brilho que ela sentira ao ser contratada. Enquanto esperava, sentada num banco de madeira envernizada, pela primeira vez se sentiu gente.

– Vera Cruz!

Ela imediatamente se levantou.

– É você? Entre aqui.

Difíceis minutos de silêncio. Como uma estátua, Vera permaneceu imóvel, enquanto aquele senhor de pesados óculos tentava localizar todos os papéis sobre a mesa.

– Pode se sentar, dona Vera.

Vera tentava controlar a respiração para não fazer muito barulho.

– Pois bem, dona Vera. A senhorita está contratada e passará por um período de três meses de experiência, a contar da próxima segunda-feira. Vá até a sala 25, no final do corredor, e entregue estes papéis para a dona Clara, que providenciará o registro. Seja bem-vinda à nossa casa.

Por um ano, o tempo em que trabalhou na fábrica, Vera sentiu-se um verdadeiro ser humano. Não conseguia entender o porquê de tanta insatisfação de suas colegas de trabalho com a tecelagem: para ela, aquilo era um verdadeiro paraíso. Cesta básica, vale-transporte, plano de saúde, armário exclusivo e refeitório, e a mistura variava todos os dias.

– A senhorita está demitida!

Essa palavra não saía da cabeça de Vera. A insegurança e o medo de não conseguir outro emprego poderiam forçá-la a voltar para sua cidade natal antes do tempo. E o que dizer então da família? Seus pais não entenderiam o motivo de sua demissão na tecelagem, pois nem dez dias haviam se passado de quando Vera, por insistência de dona Gertrudes, enviara para a família uma foto sua na fábrica, juntamente com um xerox do crachá de funcionário.

– Vera? Sai logo do banheiro! Preciso ocupar o vaso.

Sem nada responder, Vera apenas abriu o chuveiro.

– Ainda não tomou banho?

Vera continuava em silêncio.

– Se você está desempregada, a culpa não é minha. Vá chorar em outro lugar e me deixe ocupar o vaso!

– Eu não estou desempregada! Tia Rosa já me arrumou um emprego de doméstica!

Nitidamente, toda essa confusão ainda mexia com ela.

– Mas, Vera, me explique uma coisa.

– Diga, seu Leonardo.

– Você e a Luana estão juntas, não estão?

– Estamos.

Acendi um cigarro.

– E qual foi a justificativa que ela deu por ter pegado suas roupas?

– Eu não sei se existe essa diferença entre o senhor e o seu Lorenzo, mas, no meu caso... eu... sou o marido da relação.

Pela primeira vez, a vi totalmente sem graça.

– E?

– E, como marido, eu tenho a obrigação de sustentá-la.

– Mas, Vera, ela não saiu escondida naquele dia?

Tentei dar um gole no café, mas minha xícara estava quase vazia.

– Não foi bem assim... Enquanto eu fui ao sacolão para a tia Rosa, Luana lembrou que tinha um compromisso urgente naquele domingo e não pôde me esperar e... quanto às roupas, por ser minha mulher, ela se achou no direito de pegá-las... É isso! Quer mais café, seu Leonardo?

– Quero.

Por incrível que possa parecer, eu entendo muito bem esse fechar de olhos de Vera. Encobrir com naturalidade fatos absurdos já é minha especialidade. Inúmeras são as vezes em que tenho vontade de perguntar a Lorenzo sobre nossa combinada divisão de contas.

– Mas e na fábrica? O que aconteceu?

Após me servir, Vera sentou-se à mesa com outra xícara.

– Essa é a pior parte. Eu me arrependo tanto, seu Leonardo! O senhor pode até não acreditar, mas fui demitida por ser líder de uma porcaria de greve!

Quase engasguei com o café.

– Mas justo você, que é tão quietinha!

– Tia Rosa acha que foi culpa de Luana, mas não foi não, seu Leonardo!

Vera respirou fundo.

– Quando o pessoal do sindicato se aproximou de mim e das minhas colegas para tentar uma greve por melhores salários, eles queriam de qualquer jeito uma líder.

– E você concordou em ser essa líder?

Ela ficou nervosa.

– Claro que não! Aquela fábrica era minha vida!

– Então, como você acabou entrando nessa, Vera?

Esse assunto a deixava triste.

– Foi por um erro de opinião de Luana.

Até ajeitei-me no banquinho, à espera de mais um fato absurdo.

– Como assim?

Novamente, ela respirou fundo.

– Hoje, Luana sabe que errou, mas na época ela pensou estar fazendo o melhor para mim.

– E o que ela pensou?

– Que, como líder, eu teria meu nome conhecido tanto na fábrica como no sindicato, e não seria mais uma simples operária.

– Mas, Vera, nenhuma empresa vê com bons olhos um líder de greve!

– Mas não era para ser uma greve! O Oswaldo, do sindicato, garantiu que tudo seria resolvido na conversa com os patrões. Por isso, Luana achou interessante que eu fosse a líder. Só que, quando me dei conta, a vaca já tinha ido para o brejo.

Ainda conversávamos sobre a fábrica quando Vera, inesperadamente, teve uma idéia.

– Seu Leonardo, eu acho que sei um modo de ajudar o senhor e o seu Lorenzo! O problema não é ter de sair todos os dias para beber?

– Você sabe que é.

– Pois então, acho que encontrei um jeito.

Convencido por Vera, concordei pela realização de um trabalho espiritual no apartamento, cujo objetivo era tirar a necessidade que Lorenzo tinha de beber todos os dias.

– Você tem certeza de que ela é a pessoa certa para esse tipo de trabalho?

– Fique tranqüilo, seu Leonardo! Luana pode ter todos os defeitos do mundo, mas recebe uma Pombajira que, brincando, brincando, resolve qualquer problema!

– Se você diz, eu acredito.

Vera estava bem mais animada do que eu.

– Quando posso marcar com ela, seu Leonardo?

– Tem de ser num dia que ele não esteja presente.

Antes ela ainda teria de falar com Luana, mas concordamos que o dia mais seguro para a realização do trabalho era a quinta-feira, já que Lorenzo viajaria com o pai para Belo Horizonte na quarta e só voltaria na sexta à tarde.

– Não se preocupe, seu Leonardo, hoje mesmo deixarei tudo combinado.

Por vezes, Lorenzo me faz lembrar do tio que eu mais gostava. Pontuado pelo equilíbrio e pela sensatez, suas ações só se perdiam diante do excesso de bebida. No entanto, sua honestidade e simpatia sempre me faziam muito bem.

– Sabe, Vera, nunca tive coragem de comentar com ninguém, mas esse excesso de bebida traz outro tipo de problema que também me preocupa muito, talvez até mais do que eu chegar atrasado todos os dias na empresa.

– E o que é?

Servi-me de mais um café.

– Alcoolizado, ele se transforma em outra pessoa.

– Como assim?

– Ele fica mais aberto, mais receptivo e mais vulnerável.

– Mas todo mundo que bebe muito fica mais ou menos assim.

– Eu sei, Vera, só que ele fica desse jeito com qualquer pessoa.

– E?

Dei um gole no café e acendi mais um cigarro.

– É que... numa dessas, ele pode fazer uma besteira. Entende?

– Trair, o senhor está dizendo!

– É.

– Acho que não, seu Leonardo!

Respirei fundo.

– Posso te confidenciar duas coisas que me incomodam muito?

– Claro que pode! Diga!

Mais uma vez me faltaram palavras.

– Quando saímos pela primeira vez, ele estava bêbado demais e não usou camisinha, ou seja, foi um vale-tudo.

– É, seu Leonardo, com esse negócio da aids vocês arriscaram muito mesmo! E qual é a segunda coisa?

– A segunda é pior...

Vera me interrompeu:

– Pior do que pegar aids?

– Nós não pegamos aids, Vera! Tá louca!

– Não pegaram por pura sorte...

Interrompi Vera:

– Posso falar a segunda coisa?

– Pode!

Acendi mais um cigarro. Praticamente um atrás do outro.

– O que vou te contar aconteceu não faz um mês, Vera.

– Ah, então é recente.

– É.

Respirei fundo.

– Foi numa boate. Ele demorou tanto para voltar do banheiro que fui até lá para ver o que estava acontecendo...

– E?

– E... que eu achei...

Servi-me de mais um café:

– Diga, seu Leonardo!

– Tive a nítida impressão, Vera, de que ele e um cara estavam se tocando ou se beijando, sei lá.

Percebi que ela não sabia o que dizer.

– Mas... eles estavam fazendo alguma coisa ou não?

– Não sei, Vera, foi rápido demais! Só sei que eles estavam bem próximos um do outro.

– É fácil descobrir, seu Leonardo! Basta perguntar à Pombajira.

– E ela tem como saber isso?

– Claro que tem!

Confesso que tenho medo de pensar em muita coisa, mas tenho pavor de imaginar que meu namorado possa estar me traindo.

10

Ao contrário de Vera, cuja timidez se fazia presente nos gestos, na postura e até no jeito de olhar, Luana, com peso perfeitamente distribuído nos quase um metro e oitenta de altura, comportava-se de forma bem arrogante.

– Leonardo, Luana. Luana, Leonardo.

Quase não foi possível nos cumprimentarmos, já que Luana insistia em prender o cabelo num rabo-de-cavalo naquele exato momento.

– Você comprou todas as coisas para o trabalho?

– Comprei, estão...

– Posso usar o banheiro? Onde fica?

– No corredor...

– Porta da esquerda ou da direita?

– Da direita.

Sorri para Vera:

– É rápida a sua amiga, hein! Não consegui responder a uma pergunta sequer.

– Não ligue não, seu Leonardo, é que Luana é esperta mesmo!

Eu diria que, além de arrogante, Luana não tinha lá muita educação.

– Eu não estou linda? Veja como ela se veste bem! – disse Luana sobre a roupa de sua Pombajira.

Ela usava um vestido de seda, lembrando um pouco o estilo cigano, nas cores vermelha e preta.

– Você está linda, Luana! – afirmou Vera, com olhos de encantamento.

Mentirosamente, concordei com elas, enquanto Luana, num sopro de excitação, insistia em rodopiar na nossa frente.

– Agora, me dêem todas as coisas, para que eu possa arrumá-las. Vai ser aqui na sala, não vai?

Alta e espalhafatosa, não haveria outro lugar para a execução do trabalho a não ser na sala.

– Vai – respondi.

Sobre uma toalha vermelha no chão da sala, rosas vermelhas, jóias, perfumes, uma garrafa de champanhe, uma garrafa de Martini doce, uma taça de cristal, fitas vermelhas e pretas, pimenta vermelha das grandes, mel, azeite-de-dendê, cigarros de filtros brancos e um coração de boi dentro de uma tigela de barro foram adequadamente arrumados por Luana.

– Vera?

Procurei falar baixo, para não perturbar Luana, que parecia se concentrar enquanto ajeitava as coisas.

– O que foi?

– Acho que Luana esqueceu de colocar sobre a toalha aquelas outras coisas.

– Aquelas amarradas no lenço vermelho?

– É.

– Esqueceu não, seu Leonardo.

Vera pegou a trouxinha.

– O que tem aqui dentro será usado no corpo de Luana, para receber a Pombajira.

– E o que tem aí dentro?

– Quer ver?

– Quero.

Senti em Vera certo prazer em fazer suspense.

– Veja, mas não toque em nada!

– Ok.

Entre colares, pulseiras, anéis e brincos, o que mais me chamava a atenção era uma magnífica tiara cravejada com rubis; falsos, com certeza.

– Vocês vão ficar conversando muito? Acham que tenho a noite toda?

Na velocidade de uma espoleta, Vera começou a acender as velas nas cores preta e vermelha, dispostas em quatro castiçais.

– Apague as luzes, Vera! Vamos começar!

Vera imediatamente obedeceu.

– Leonardo?

– Sim.

– O nome da minha Pombajira é Dama da Noite!

– Ok, Luana.

Sob a luz de velas, o silêncio só foi quebrado pelos murmúrios de Luana que, como a insinuar passos de dança, se movimentava em círculos na sala.

– Ha ha ha ha ha ha ha ha ha ha ha.

Subitamente, sonoras gargalhadas ecoavam na sala quase vazia. Confesso que me senti assustado com a chegada da Dama da Noite.

– Ha ha ha ha ha ha ha.

– Boa noite, moços!

Empurrado por Vera, aproximei-me dela.

– Boa noite.

– Moço? Me dê um cigarro?

– Dê um cigarro a ela, seu Leonardo!

Tanto Luana como a Dama da Noite tinham o mesmo jeito arrogante.

– O que o moço quer de mim?

– Eu?

– Diga a ela, seu Leonardo!

– Calma, Vera!

A Dama da Noite apenas me observava.

– Estou vivendo com um rapaz e... na verdade... nós estamos juntos há muito pouco tempo e...

– Fale logo, seu Leonardo!

– Calma, Vera! Você não vê que é meio difícil falar? Pensa que é fácil? Eu queria ver se fosse você no meu lugar!

A Pombajira me chamou bem de perto.

– Venha cá, moço!

Após uma baforada de fumaça no meu rosto, ela perguntou.

– Que problema o moço está tendo com o outro moço?

Deixando a vergonha de lado, fui direto ao assunto:

– Lorenzo e eu...

– Ele é o seu macho?

Senti-me diminuído, mas tudo bem.

– É, e, como eu ia dizendo, nosso relacionamento é quase perfeito. Na cama, fomos feitos um para o outro e...

Ela cortou minhas palavras.

– E qual é o problema?

– São dois os problemas, Dama da Noite. Primeiro, ele é alcoólatra, e nós temos de sair todas as noites para beber; e, com isso, eu posso perder o emprego de diretor na empresa. Segundo...

Ela me interrompeu novamente:

– E por que não bebem em casa?

– Porque ele tem uma grande necessidade de ver e de ser visto pelas pessoas.

Ela me olhou fixamente nos olhos.

– O seu moço é como eu! Gosta da noite... gosta de bagunça...

Inesperadamente, ela começou a gargalhar.

– Ha ha ha ha ha ha ha.

Mais baforadas de cigarro no meu rosto.

– O seu moço bebe muito! Bebe igual ao pai dele! Ha ha ha ha ha ha ha. Aqui na terra, vocês dizem que quem bebe muito é o que mesmo?

Ela não sabia a palavra e eu completei:

– Alcoólatra, Dama da Noite!

– Isso mesmo! Ele e o pai são alcoólatras!

Vera entrou na conversa:

– O pai dele também bebe, seu Leonardo?

– Não sei se chega a ser um alcoólatra, mas, se a esposa deixar, o velho bebe muito, Vera.

Confesso que sou católico, mas como pode essa entidade saber que o pai de Lorenzo bebe bastante? Eu nunca comentei isso com Vera.

– Encha minha taça e me dê outro cigarro!

Vera encheu a taça, e eu acendi mais um cigarro para ela.

– O seu moço tem uma Pombajira com ele. Ha ha ha ha ha. E, quando bebe, precisa ser mulher.

– Mas ele me trai, Dama da Noite?

– Ha ha ha ha ha.

Eu estava morrendo de medo da resposta.

– O seu moço sai com qualquer um! Não importa se é velho, novo, gordo ou magro! O que importa é aquilo que os moços têm no meio das pernas! Quanto maior, melhor! É disso que ele gosta!

Entorpecido pelas palavras dela, quase cai sobre um dos castiçais que estavam em cima da toalha.

– Mas eu posso resolver isso! Dê-me o alguidar, moço!

Eu me sentia atordoado; por mim, o trabalho terminaria ali mesmo.

– Seu Leonardo, pegue o alguidar!

– O que, Vera?

Isso não pode ser verdade, meu Deus! Essa entidade tem de estar errada. Lorenzo não pode ser do jeito que ela está dizendo, mas, no banheiro, aquele cara que estava próximo dele era um velho com mais de 60 anos. Não contei isso à Vera. Por que fui concordar com essa merda? Não, com certeza ele não é nada disso que a Dama da Noite está dizendo.

– Seu Lorenzo, pegue o alguidar!

– O quê?

– O alguidar. É essa tigela de barro, com o coração dentro.

Com palavras e cânticos incompreensíveis, a Dama da Noite começou a trabalhar. Talhando o coração de boi e colocando meu nome e o de Lorenzo lá dentro, ela, entre baforadas de cigarro, lambuzou o coração com mel, champanhe e Martini, antes de fechá-lo com as fitas vermelhas e pretas. Foi nesse momento que senti uma energia muito forte no corpo, quase um estado de torpor, seguido de calafrios e suor.

– Fique calmo, seu Leonardo. A Pombajira dará um jeito em tudo isso.

Confesso que não sei se quero dar um jeito em tudo isso. A fidelidade (caso realmente ele me traia) tem de partir da pessoa, e não de um trabalho espiritual. Se tem uma coisa que aprendi na vida é isto: nada do que é forçado acaba bem.

– Calma, seu Leonardo, calma.

Vera tentava me tranqüilizar, quando a campainha da sala tocou, e a porta foi se abrindo.

– Mas que palhaçada é essa no meu apartamento?

Quase desmaiei ao ouvir a voz de Lorenzo! Eu estava ajoelhado diante do alguidar e da Pombajira. Imediatamente, fui em direção a ele.

– Calma, eu explico tudo!

Descontrolado, Lorenzo acendia as luzes da sala e Vera apagava. Lorenzo acendia e Vera apagava.

– O que são essas velas vermelhas e pretas? Isso é macumba!

– Calma, não é nada do que você está pensando!

– Quem é esse moço?

Lorenzo soltou as malas no chão.

– Eu é que pergunto! Quem é você?

– Eu sou a Dama da Noite!

Tudo que foi dito a partir daquele momento foi aos gritos.

– Seja lá o que você for, vá embora agora!

– Ha ha ha ha ha ha ha. Quem o moço pensa que é para me mandar embora? Ha ha ha ha ha ha ha.

Vera começou a chorar.

– Dá para você me explicar o que está acontecendo aqui, Leonardo?

– Explico, mas não precisa gritar!

– Eu grito o quanto quiser! O que está acontecendo aqui?

– Se você pode gritar, eu também posso!

Ele gritou mais forte ainda:

– Eu quero essa gente fora da minha casa agora!

– Lorenzo, a Vera precisava de um lugar para fazer um trabalho, e eu emprestei o apartamento! Achei que não haveria nada de mal, já que você só voltaria na sexta-feira!

– Essa empregada de merda tinha de estar no meio da confusão!

Novamente, a Dama da Noite começou a gargalhar, e Lorenzo foi para perto dela.

– Eu já não falei para você ir embora?

– Vai me enfrentar, vai?

A Pombajira dizia isso tremendo os ombros e sacudindo os seios. Lorenzo respondeu no grito.

– Vou te enfrentar, sim! Sim! Sim! Sim!

Nervoso, ele tentou segurá-la pelo braço.

– Não encoste em mim! Com o vento, a gente não briga! Eu não sou esta que você está vendo aqui!

O acender e apagar de luzes também continuava. Toda vez que Lorenzo lembrava de acendê-las, Vera ia lá e as apagava.

– Você acha que me assusta? Eu sou ateu, minha filha! Tudo isso não passa de um show, e muito malfeito!

Trazendo-o para o corredor, eu o segurava entre meu corpo e a parede, tentando, pela milésima vez, acalmá-lo.

– Não acredito que você emprestou nosso apartamento para um trabalho de macumba!

Apesar de estarmos juntos, o que ele não entendia era que o apartamento fora alugado por mim, e não por ele.

– Certo ou errado, já foi, cara! Quando decidi emprestar o apartamento para Vera, eu não imaginava o que aconteceria, até acontecer! Pensei que fosse alguma coisa mais leve, não imaginava que teria velas e tudo mais!

– Meu amor, ninguém empresta um apartamento para uma coisa dessas, ainda mais para uma empregada.

– Eu sei que não, mas fiquei com pena dela. Me dá um beijo, Lorenzo?

– Sempre querendo fugir dos problemas, hein? Ou melhor, primeiro você os cria, depois foge.

Beijávamo-nos quando, insistentemente, a campainha começou a tocar. Aceitando minha sugestão de ficar no quarto descansando, pelo menos até a confusão acabar, fui rapidamente atender à porta, antes que Vera o fizesse.

– Seu Orlando!

– Me desculpe por incomodá-lo, seu Leonardo, mas...

Mesmo com a pouca abertura que deixei entre a porta e o batente, só a minha cabeça cabia, seu Orlando tentava espiar o que estava acontecendo na sala.

– O que estou querendo dizer, seu Leonardo é que... Está tudo bem com o senhor? Tem alguma coisa errada acontecendo? Os vizinhos ligaram reclamando que barulhos estranhos estão acontecendo e que... Olhe, olhe, seu Leonardo! As luzes estão piscando! Bem que dona Clotilde, do 102, disse que as luzes se acendiam e apagavam constantemente!

Saindo do apartamento, e tendo o cuidado de manter a porta da sala encostada, olhei profundamente nos olhos do senhor Orlando, antes de começar a falar:

– Seu Orlando! Vou ser muito sincero com o senhor, porém é importante lembrar que entre morador e zelador-chefe deve existir certa cumplicidade, em respeito à privacidade de ambas as partes! O senhor concorda?

– Concordo.

– Pois bem, hoje, tanto eu como o Lorenzo não deveríamos estar aqui, e só estamos por uma volta antecipada da nossa viagem. O senhor está entendendo?

– Estou.

– Pois bem, quando entro no meu apartamento, o que encontro? Encontro minha empregada, Vera, e uma amiga dela num tipo de sessão espírita, com velas e tudo mais.

– Meu Deus!

– Quem disse "meu Deus?"

De trás de um enorme vaso de plantas do saguão do meu andar, saiu uma senhora muito baixinha, que lembrava uma personagem do filme *Poltergeist.*

– Seu Leonardo, esta é a dona Clotilde, do 102. Ela é a moradora mais antiga do edifício.

Sem qualquer formalidade, a senhora, nos seus 70 e muitos anos, foi logo se envolvendo:

– Meu Deus, Orlando! Esse rapaz precisa de ajuda! Vamos chamar a polícia para prender essa empregada! Bem que eu não fui com a cara dela!

– Não, nada de polícia! O escândalo seria pior, sem contar que eu conheço a família da moça, não ficaria nada bem!

– Mas eu acho...

Seu Orlando interrompeu as palavras de dona Clotilde:

– Essa moça não é aquela indicada pelo Honório?

– É...

Dona Clotilde interrompeu minhas palavras:

– Vou chamar a polícia!

Segurei-a pelo braço.

– Dona Clotilde, a polícia não é a melhor solução. Até porque, mesmo eu não gostando de mexer com essas coisas espirituais, a intenção da moça foi a melhor possível. Todo esse trabalho que elas estão fazendo lá dentro visa a purificar o apartamento!

– Mas ela não pediu sua autorização!

– Isso é verdade, mas não se preocupe, dona Clotilde, pois vou chamar a atenção dela como se deve.

– Você deveria demiti-la imediatamente!

Respirei fundo:

– Acreditem em mim, o melhor a fazer, já que a situação está sob controle, é esquecer todo esse episódio. Além do mais, o trabalho de purificação do apartamento já está no final.

Mesmo com as ocasionais gargalhadas da Dama da Noite e um quase bate-boca entre ela e Lorenzo, que no mínimo não conseguia ficar no quarto, eles concordaram com minha decisão:

– Se o senhor prefere assim, tudo bem.

– Prefiro, seu Orlando.

Esperava que eles subissem no elevador, para que eu pudesse entrar no apartamento, quando dona Clotilde, já com a porta do elevador entreaberta, finalizou:

– Caso alguma coisa dê errado, não hesite em me chamar! Basta interfonar, que eu imediatamente chamarei a polícia!

A porta do elevador se fechava, quando dona Clotilde, mais uma vez, se fez presente:

– Rapaz? Meu apartamento é o 102! Não hesite em ligar!

Revoltado demais para ficar no quarto, Lorenzo recomeçou o bate-boca com a Dama da Noite, diante de uma Vera pálida, que já não sabia mais o que fazer.

– Não posso ir embora! Minha bebida ainda está aí!

– Por isso não!

Lorenzo tentou esvaziar a garrafa de champanhe na pia, e eu não deixei.

– Cara, vá para o quarto. Não mexa com forças que você não conhece. Eu até acho que ela se recusa a ir embora só para te enfrentar.

– Que forças, Leonardo? Você não percebe que isso é um circo?

– Moço, encha minha taça! – gritou a Pombajira da sala.

– Vá lá, Leonardo! Alimente essa palhaçada!

Lorenzo ficou na cozinha; e eu, na sala.

– Moço! Diga ao outro moço que foram vocês que me chamaram! Eu não vim aqui sozinha! Eu sou a Dama da Noite!

O tempo corria. Cansado, depositei toda a esperança numa garrafa de champanhe quase vazia. Mais importante do que o trabalho em si, era a tranqüilidade que começava a se impor no apartamento. Debruçado com a cabeça sobre a mesa da cozinha, Lorenzo parecia dormir, enquanto a Dama da Noite já se preparava para nos deixar.

– E o seu Lorenzo?

– Está na cozinha, Vera. Acho que pegou no sono.

Ouvíamos as instruções da Pombajira, quando a campainha tocou.

– Quem será agora? Fique ouvindo o que temos de fazer com esse alguidar, enquanto vou atender a porta, Vera.

Pelo olho mágico, vi uma mulata meio forte, que eu não conhecia.

– Pois não!

– A Vera, por favor!

Achei estranho alguém bater na porta do apartamento, ainda mais em altas horas, sem ser anunciado pela portaria. No mínimo, era outra moradora.

– Ela está meio ocupada. Posso saber do que se trata?

Visivelmente, aquela senhora tentava controlar certo nervosismo:

– O senhor é o seu Leonardo, não é?

– Isso mesmo.

– Eu sou Rosa, mais conhecida como tia Rosa.

Cumprimentamo-nos.

– Eu tenho uma pensão, e a Vera, que só está em São Paulo por minha causa, é uma das minhas pensionistas.

– Agora eu sei quem é a senhora.

Cumprimentei-a novamente, de uma forma muito mais amigável.

– Eu sei o que a Vera está fazendo no seu apartamento, mas, é muito importante que eu fale com ela agora. É uma emergência, o senhor entende?

– Claro que entendo, tia Rosa. O trabalho, se já não terminou, está quase terminando e, se a senhora não se importar, pode até assistir a ele. Entre, por favor.

Foi um deus-nos-acuda, tamanhas eram as bolsadas que Vera levava na cabeça.

– Eu sabia que essa pirulitona devia estar metida nisso! Você não aprende mesmo, Vera!

Com as mãos, Vera tentava defender-se das bolsadas de tia Rosa, enquanto eu, na tentativa de separar as duas, para evitar um escândalo maior, vi Lorenzo deixando o apartamento.

– Agora você vai entender como se purifica uma pessoa! Onde já se viu purificar o apartamento sem autorização do dono! Eu te arrumo um emprego por meio do Honório e você apronta isso! Amanhã mesmo te ponho num ônibus para Pernambuco!

– Mas, tia Rosa...

As bolsadas se intensificavam, à medida que Vera tentava falar.

– Onde já se viu, trazer aquela vadia para o apartamento do seu chefe?

– Ela não é vadia...

Mais bolsadas.

– Você não aprende mesmo! Ela te roubou todas as roupas, e você ainda quer defendê-la?

Tia Rosa só se acalmou quando sua pressão arterial começou a cair. Auxiliada por mim e pelo seu Orlando, a quem pedi socorro, tia Rosa logo se recuperou quando colocamos sal embaixo de sua língua. Sem ter como inocentar Vera (eu não podia fazer isso na frente do zelador), prometi à tia Rosa, antes de colocá-la num radiotáxi, que no dia seguinte passaria na pensão para conversarmos. Com o desaparecimento de Luana, o porteiro nos informou que ela havia deixado o edifício logo após a saída de Lorenzo. Vera e eu ficamos com um grande problema nas mãos, que era o que fazer com todo aquele material. Por fim, por orientação de seu Orlando, que no fundo tinha certeza de que aquilo não era trabalho de purificação coisa nenhuma, jogamos tudo no rio. O dia quase amanhecia quando Vera e eu voltamos para o apartamento e, mesmo exaustos, decidimos tomar um cafezinho antes de dormir.

– Vera?

– Diga.

– Eu queria me desculpar... por ter dito a todos que você era a responsável...

Vera interrompeu minhas palavras:

– Não precisa não, seu Leonardo. Eu entendo que não havia outro jeito.

– Seu Leonardo?

– Diga.

– Como tia Rosa ficou sabendo de toda a história?

– O seu Orlando ligou para o Honório, que ligou para a tia Rosa.

Uma lágrima caiu do rosto de Vera.

– Eu não vou voltar para Pernambuco.

– Não se preocupe, Vera. Amanhã explico tudo à tia Rosa.

Silêncio.

– Vera?

– Diga.

– Você viu Luana saindo?

– Vi não. Só vi quando tia Rosa acertou uma bolsada no rosto dela. Coitada de Lu, tonteou, tonteou, até cair sobre o vaso de plantas. Ainda bem que a Dama da Noite já tinha ido embora. Espero que ela não tenha se machucado muito.

Com as mãos sobre o rosto, para que Vera não percebesse minha enorme vontade de rir ao imaginar aquela arrogante da Luana despencando sobre o vaso de plantas, fui rapidamente em direção ao banheiro, e lá me tranquei.

– Seu Leonardo? O senhor está bem?

– Estou...

– Chore não, seu Leonardo! Luana não deve ter se machucado muito!

– Ha ha...

– O que o senhor disse?

– Nada...

Estava muito difícil segurar o riso.

– Eu lhe trouxe um cafezinho bem fresquinho. Abra a porta, abra!

Convencida a deixar o cafezinho sobre a mesa da cozinha, Vera foi ao quarto de André para dormir.

– Boa noite, seu Leonardo.

– Boa noite, Vera.

Com a triste impressão, é horrível quando isso acontece, de que eu não havia dormido nem cinco minutos, acordei com o telefone da sala tocando.

– Alô?

– Leonardo?

– Bom dia, tia Luiza.

Tapei o bocal do telefone para bocejar.

– Acordei você, filho?

O relógio da sala marcava quinze horas.

– Não tia. Eu levantei já tem quase uma hora.

– Desculpe-me pela intromissão, mas estou te ligando pelo que aconteceu ontem.

Fiquei em silêncio e tia Luiza continuou:

– Lorenzo esteve aqui em casa e me contou sobre o trabalho com a Pombajira.

Interrompi as palavras de tia Luiza:

– E ele? Está bem?

Ela suspirou:

– Calma, está tudo bem. Passamos quase a noite toda conversando, e você pelo jeito também não foi trabalhar.

– Não, tia.

Dei graças a Deus por Lorenzo ter ido para lá. Pior seria se ele tivesse ficado num bar bebendo.

– Ele está muito bravo comigo?

Segundos de silêncio.

– Alô? Tia?

– A questão não é essa, Leonardo. Posso dizer o que penso?

– Claro que pode, tia!

Acendi um cigarro sem tomar café.

– Você errou em não consultar Lorenzo antes de emprestar o apartamento para sua empregada; afinal de contas, vocês moram juntos. Praticamente são casados. Não é isso?

– É, tia. Eu deveria tê-lo consultado antes. Ontem mesmo, no meio de toda a confusão, eu reconheci meu erro.

Sem cinzeiro próximo ao telefone, bati a cinza no chão mesmo.

– Outra postura muito errada foi a de Lorenzo. Não se pode desrespeitar nenhuma religião. E o candomblé é uma religião. Onde já se viu querer discutir com uma entidade espiritual? Onde já se viu chamar o trabalho de show?

Tia Luiza parou de falar.

– Alô? Alô? Tia? Alô?

– Desculpe-me, Leonardo, é que posturas como essa me tiram do sério.

– A senhora é do candomblé?

– Não, mas sou civilizada!

Mesmo sabendo que o tiro não fora direcionado a mim, fiquei sem graça.

– Estou ao telefone com Leonardo! Você quer falar com ele?

– O que, tia? Não entendi.

– Me desculpe, Leonardo. Eu estava falando com Lorenzo, que acabou de acordar.

Se ele não pediu para falar comigo, é porque ainda estava bravo demais. Resolvi ficar na minha.

– Para finalizar, Leonardo, já que você é tão amigo da sua empregada, diga a ela para procurar no candomblé uma pessoa mais preparada...

Interrompi tia Luiza.

– A senhora está dizendo que Luana, a moça que recebeu o espírito, pode ser uma vigarista?

– Isso eu não tenho como saber, mas afirmo a você que o melhor era não ter feito o trabalho num apartamento, e sim numa casa de candomblé.

Tentei falar, mas tia Luiza continuou:

– O que sei, Leonardo, é que pessoas esclarecidas sobre a seriedade e a responsabilidade do candomblé jamais fariam um trabalho desses fora de uma casa de candomblé, que é o lugar adequado para isso.

Como sempre, tia Luiza estava certa. Ao desligar o telefone, voltei a dormir.

11

Aquela segunda-feira estava sendo a pior de todas as segundas. Se não bastasse ter passado o final de semana completamente sozinho (não consegui falar com Lorenzo desde o dia da confusão com Luana), eu ainda teria de buscar forças para que meu desânimo não transparecesse na reunião de diretoria. Estou cansado de ter de rir quando tenho vontade de chorar.

– Bom dia, Luciana!

– Bom dia, doutor Leonardo!

A reunião de diretoria começava às onze; com menos de uma hora para despachar as ordens operacionais, concentrei-me apenas nos casos urgentes.

– Seu café, doutor Leonardo.

– Obrigado, Luciana. Ah... deixe fácil na sua mesa a pasta com os dados do novo distribuidor de Curitiba.

– Sim, senhor.

Gustavo entrou na sala:

– Bom dia, Leonardo.

– Bom dia, Gustavo.

– O senhor aceita um cafezinho, senhor Gustavo?

– Aceito, Luciana.

– Seu celular está desligado, Leonardo?

– Na verdade, está quebrado, Gustavo. Quero ver se compro outro aparelho ainda hoje. Por quê?

– Faz uma hora que eu e a Luciana estamos tentando falar com você.

Percebi certo nervosismo nele.

– Deixe-me só despachar essas ordens de serviços, que já nos falamos.

Luciana entrou na sala:

– Seu café, senhor Gustavo.

Passando as ordens de serviços para Luciana, finalmente fiquei sozinho na sala com Gustavo.

– Pronto, Gustavo. Agora podemos nos falar.

Ele acendeu um cigarro.

– Está correndo um boato muito ruim na empresa, Leonardo. Por isso estávamos tentando falar com você.

Também acendi um cigarro.

– Desse jeito você me assusta. O que estão dizendo?

– É só boato, Leonardo.

– Fale logo, Gustavo.

Silêncio.

– Que você será demitido.

Nem tive tempo para uma reação, pois, com rápidas batidas na porta, Roberto, diretor de recursos humanos, foi entrando na minha sala:

– Bom dia, bom dia!

– Bom dia, Roberto.

Cumprimentamo-nos com um aperto de mãos.

– Me desculpem por invadir a sala desse jeito, mas, se o Gustavo nos der licença, preciso falar com o Leonardo agora.

A portas fechadas, começamos a conversar, após Luciana, toda trêmula, nos servir café.

– É sobre o boato de sua demissão, Leonardo.

Roberto estava mais nervoso do que eu.

– O boato é verdadeiro!

Sem conseguir ficar sentado, Roberto andava de um lado para o outro na sala.

– Como?

– Infelizmente, é isso mesmo, Leonardo.

Senti uma bomba caindo em minha cabeça. Depois de um fim de semana de merda, nada poderia ser pior que aquilo. Meu Deus! Ano errado, dia errado e hora errada.

– Mais do que ninguém, você sabe que, pela hierarquia, essa ordem partiu do senhor Victor.

Acendi um cigarro.

– Na verdade, você só seria demitido no fim do mês, mas, como vazou a informação, estou te demitindo agora.

Fiquei muito nervoso.

– Mas quem tem de me demitir é o senhor Victor, e não você!

– Eu sei, Leonardo, mas, pela antecipação da data e pela reunião da Direx, ele me incumbiu disso.

Comecei a andar pela sala.

– Sem desmerecer você, Roberto, quem deveria fazer isso é ele, com ou sem reunião da Direx!

Suspirei fundo.

– Onde ele está agora?

– Todos os diretores estão na reunião, menos nós.

Pelo telefone, pedi a Luciana que trouxesse mais dois cafés.

– E qual o motivo de minha demissão?

– Incompatibilidade profissional.

Comecei a rir no mesmo instante que Luciana entrou na sala.

– Incompatibilidade depois de dez anos, Roberto?

Ele também riu.

– Eu não sei o que te dizer, Leonardo. Só estou cumprindo ordens.

Talvez eu tenha até brincado um pouco com a vida, mas nunca acreditei de verdade que um dia eu pudesse ser demitido por gostar de pessoas do mesmo sexo que o meu. Sempre confiei em minha capacidade de resolver tudo. Meu pai me ensinou assim. Sentindo-me roubado em meus direitos mais sagrados, eu não deveria ser analisado apenas por poucos meses de atraso, já que o desenvolvimento de minhas funções se dá pelo raciocínio da inteligência lógica, e não pelo tempo diário na empresa, resolvi, de cabeça erguida, procurar o senhor Victor na reunião da Direx, no sétimo andar. Diante de olhos assustados, entrei na imensa sala verde, posicionando-me no lado oposto ao presidente, lugar que sempre foi meu, na grande mesa retangular de mogno. A única diferença é que, dessa vez, eu estava em pé:

– Nós estamos em reunião, seu Leonardo.

Propositadamente, provoquei alguns segundos de silêncio.

– Eu tenho uma pergunta... a fazer ao senhor.

– Talvez o momento não seja apropriado para isso.

– Eu também não achei apropriado ser demitido pelo diretor de recursos humanos, que eu mesmo ajudei o senhor a contratar.

– Sua capacidade administrativa e sua dedicação a esta empresa nestes dez anos são indiscutíveis, seu Leonardo, tanto que vantagens financeiras, por mim determinadas pessoalmente, foram liberadas na sua demissão, como o depósito de três salários no seu plano de previdência privada, mais três salários de gratificação e o uso do convênio médico por mais um ano, a contar da data de sua demissão. Isso sem falar nos direitos que a lei garante a qualquer pessoa demitida, como aviso prévio e multa de quarenta por cento sobre o FGTS, entre outros. Por outro lado, seu Leonardo, eu me reservo o direito de ter pessoas no corpo diretor das minhas empresas cujos padrões morais sejam condizentes com aquilo que eu e Antonieta pensamos. Todos nesta sala sabem, inclusive o senhor, que ser diretor nas minhas empresas é como pertencer à minha família. Agora, Antonieta e eu, que temos muitos sobrinhos e netos, nos sentiríamos pouco à vontade em tê-lo próximo ao seio de nossa família.

Tudo começou lentamente a girar. "Então... o papai não vai embora. A única coisa que muda é que o papai não vai mais dormir aqui nesta casa. Mas a gente vai se ver todos os dias e, a cada quinze dias, eu venho te buscar para você passar o final de semana comigo na outra casa. Vai ser mais ou menos como... quando o papai viaja pela empresa... o papai vai e o papai volta. Você entendeu? Não! Pai? Pai? Vai começar *O laboratório de Dexter*!"

– O que aconteceu?

Eu estava no ambulatório do segundo andar.

– Não se levante. Continue um pouco mais deitado.

Minha cabeça parecia que ia explodir.

– O senhor passou mal na reunião da Direx. Deve ter sido sua pressão que caiu.

– Você me arruma um pouco de água?

As palavras do senhor Victor não me saiam da cabeça. Filho da puta! Quer dizer que eu constituo um risco para os seus sobrinhos e netos? Ele acha o quê? Que vou sair comendo os moleques ou dando para eles?

– Sua água, senhor.

– Não precisa me chamar de senhor.

– Então de doutor?

– Nem de doutor. Posso usar o telefone?

Sem qualquer possibilidade de voltar à minha sala – isso me faria muito mal –, pedi a Gustavo que me levasse para casa, já que eu não tinha condição nenhuma de dirigir, mas antes pedi a Luciana que descesse com todas as minhas coisas pessoais, inclusive meus quadros de veleiros. Talvez um advogado em meu lugar, mas eu nunca mais poria os pés naquele maldito prédio.

12

Não entendo como tudo pôde se degradar tão rapidamente na minha vida. Dos sonhos ao enfraquecimento moral, fui sendo bombardeado por problemas de todos os lados. Dos sonhos ao desespero, comecei a viver uma realidade que pouco conhecia. Demitido por ser bissexual, meu mundo começou a desabar cada vez mais.

– Senhor Gustavo.

– Oi, Vera. Tudo bem?

– Eu estou. E o senhor?

– Também. E o Leonardo, como está?

– Muito deprimido, senhor Gustavo. Se não bastasse estar desempregado há três meses, o relacionamento dele com o senhor Lorenzo está cada vez mais estranho e pior. Tem quatro dias que seu Lorenzo não aparece e, quando resolve dar as caras, é sempre bêbado e com o dia já amanhecendo.

– Puxa, Vera, eu não sabia que a coisa estava tão ruim assim.

– Está, seu Gustavo. Não diga que eu contei, mas até remédio para dormir ele está tomando. Eu não sei como ele não enlouquece de ficar tanto tempo trancado aqui dentro.

– Mas por que ele não sai para se distrair um pouco?

– Ele não tem vontade de sair. Até mesmo nos finais de semana com filho ele pede para eu dormir aqui. Nem isso o anima.

– Já que vocês são amigos, tente convencê-lo a procurar um médico. Acho que ele está com depressão.

– Mas e o remédio que ele está tomando? Não foi um médico que receitou?

– Que nada, seu Gustavo! Ele comprou direto da farmácia do seu Humberto. O senhor aceita um cafezinho?

– Depois, Vera. Onde ele está?

– Está no quarto, jogado na cama. Vá até lá direto.

– Mas você acha que não vai ficar chato? Ele pode não gostar.

– Mas eu quero que o senhor o veja nesse estado. Quem sabe assim ele não se reanima por vergonha? Sabe, seu Gustavo, alguém tem de fazer alguma coisa. Um homem como esse não pode ficar desse jeito.

Apenas o silêncio me faz pensar. Sinto-me inconformado com o que está acontecendo comigo agora. Não lutei tanto para terminar com esse enorme vazio no peito. Com uma brilhante carreira jogada no lixo, tenho de me contentar com a solidão acompanhada de um namorado pouco altruísta, que só se preocupa com ele mesmo.

Suaves batidas na porta.

– Pode entrar, Vera.

– É o Gustavo.

De cueca, apenas me cobri com um lençol.

– Pode entrar.

Abraçamo-nos.

– Ver você desse jeito me assusta. Onde está aquele executivo de ponta que eu conheço?

Sorrimos.

– Fui sucumbido pelos problemas que não param de acontecer, Gustavo.

Vera entrou no quarto com duas xícaras de café.

– Fale mesmo, seu Gustavo! Onde já se viu um homem tão bonito e inteligente ficar jogado na cama desse jeito. Tem uma semana que ele não faz a barba.

Olhei fixamente nos olhos de Vera.

– Não me meto mais. Já estou saindo do quarto.

– E lá na empresa, como estão as coisas?

– O senhor Victor assumiu temporariamente o seu cargo. E, de resto, sua demissão continua sendo o assunto principal.

– Quer dizer que ainda estou servindo de comida aos porcos?

Gustavo apenas sorriu e, tentando mudar de assunto, perguntou de Isabela.

– Isabela, meu amigo, está metendo os pés pelas mãos! Lembra da conta bancária?

– Lembro. Você abriu uma conta conjunta com ela, não é isso?

– Pois então, na semana passada me ligou o gerente do banco, para dizer que ela emitiu vários cheques sem fundo.

– A Isabela? Não, não pode ser.

– Mas é. Ela saiu comprando de roupas a jóias, sem se preocupar com o saldo.

Suspiramos.

– Quando estive com ela para saber o porquê de tudo isso, quebramos o maior pau. Não sei com quem ela andou conversando; na cabeça dela, quanto mais ela aprontar para mim, melhor! Será que ela não pensa que, fazendo isso, o André também é prejudicado? Ah, e tem mais, ela ainda emprestou o carro novinho para uma amiga dela.

– Ela gastou muito?

– Muito! Daria para comprar um carro popular.

– E agora?

– Agora vou ter de mexer em parte do dinheiro da indenização para pagar os cheques e encerrar a conta.

– Mas e aí? Como ela vai viver sem cheques?

– Gustavo, eu não posso mais confiar nas atitudes dela! Ontem mesmo cancelei os cartões de crédito, que também apresentaram gastos excessivos.

– Ela deve estar revoltada com a separação.

– Que fique revoltada, mas que não faça besteira!

– Mas...

Gustavo tentou falar e eu não deixei:

– Nós já estávamos separados muito tempo antes de eu sair de casa!

– E se você tentar conversar com ela mais uma vez?

Interrompi Gustavo:

– Não adianta, Gustavo! Ela não quer evoluir. Veja o emprego, por exemplo! Até agora não arrumou nada!

Ele me interrompeu:

– Desculpe-me, mas aí você está errado! Não é fácil arrumar emprego, ainda mais para alguém que não trabalha há muito tempo. Se você tem problemas, imagine ela!

– Gustavo, ela pode até não arrumar nada, mas que tenha a iniciativa de buscar alguma coisa! Da última vez que conversei com Isabela sobre trabalho, eu sugeri a ela que fizesse um curso, para tentar abrir um negócio.

Sorri de nervoso.

– Eu bancaria o novo negócio! Na época, até sugeri que ela abrisse um salão de beleza.

– E ela?

– Ficou de verificar e nunca se mexeu!

– Mas graças a Deus que ela existe e cuida muito bem de André. Imaginou, Gustavo, se destruído desse jeito eu ainda tivesse de cuidar de uma criança? Com certeza André teria sérios problemas psicológicos.

Sorrimos.

– Você está tomando algum tipo de remédio?

– Não exatamente. Vez ou outra alguma coisa para dormir.

Vera entrou no quarto:

– Dá licença! Que tal vocês conversarem na sala? Porque assim eu aproveito para dar uma geral nesse quarto.

Antes que eu pudesse dizer alguma coisa, Gustavo falou por mim:

– Boa idéia, Vera! Assim eu também aproveito para ir ao banheiro.

Com duas xícaras de café numa bandeja, esperei por Gustavo na sala.

– Quantos frascos de perfumes no banheiro, Leonardo. Não sabia que você gostava tanto.

– São de Lorenzo.

– E ele está bem?

Respirei fundo.

– Não sei, Gustavo. Tem quatro dias que não o vejo.

Ele percebeu que minha expressão mudou.

– Vocês brigaram?

Por alguns segundos fiquei em silêncio.

– É tão complicado que nem sei por onde começar.

Dei mais um gole no café antes de continuar:

– Pouco ele dorme aqui, Gustavo. Acho que já está em outra.

– Talvez pelo desentendimento que, parece, vocês tiveram, ele só esteja dormindo na casa dos pais.

– De acordo com a mãe dele, ele só tem aparecido para pegar algumas peças de roupas. No mínimo, deve estar dormindo na casa de algum amigo duvidoso ou, quem sabe, um novo namorado, sei lá.

– Mas o que aconteceu, Leonardo? Vocês brigaram?

– Brigamos, porque ele não é nada do que aparenta ser. Suas mentiras se tornam verdades, e suas desculpas nunca podem ser questionadas. E o pior, Gustavo, é que sem salário não vou conseguir manter esse apartamento por muito tempo. Sinto-me abandonado, sozinho e usado em todos os sentidos.

Contei a Gustavo o que vinha acontecendo nos últimos meses.

– Leonardo, eu não imaginava que o relacionamento de vocês estivesse desse jeito. Estou chocado, cara! Você o ama?

– Não sei, acho que sim. Estou confuso com toda essa situação.

Tentei não chorar, mas chorei.

– O problema... é que eu ainda vivo... no que pra ele... já acabou... Dói, cara, dói muito... E suas roupas e seus perfumes, ainda impregnados neste apartamento, me consolam com esperança triste. É quase como uma morte assistida. Acho que seria muito melhor... se tudo já estivesse vazio. Tenho medo de não agüentar, Gustavo.

Abraçamo-nos.

– Leonardo, você já passou por tantas coisas ruins na vida, por que não passaria por essa?

– Sei lá, Gustavo, essa parece insuportável! O que deveria ser um sonho na minha vida está se tornando um pesadelo, cara!

– Acho que deveríamos procurar um médico.

– Médico para que, Gustavo?

– Para que você não entre em depressão, cara! Deve existir algum tipo de medicamento que o ajude a enfrentar com mais equilíbrio toda essa confusão!

– Você acha isso mesmo?

– Claro que acho, Leonardo, não é fácil perder coisas do jeito que você está perdendo! Meu, estou revoltado!

Gustavo ficou bem alterado.

– E tem mais! Você pode até ficar puto da vida comigo, mas esse tal de Lorenzo é um bosta perto de você! Você merece coisa muito melhor! Nem bunda esse cara tem!

Espontaneamente caímos na risada.

– Você não existe, Gustavo.

– Desculpe-me se me excedi. Mas que ele não tem bunda, não tem!

Ainda ríamos, quando Vera entrou na sala com mais duas xícaras de café.

– Quem não tem bunda?

– O Gustavo disse que Lorenzo não tem bunda.

– Não tem mesmo! Ele parece uma "talba".

Caímos na risada.

– Tábua, Vera.

– É o que eu disse: "talba".

Há muito eu não ria desse jeito.

– Mas, Leonardo, agora vamos falar sério. Essa sua situação com Lorenzo tem de ser resolvida o mais rápido possível. Pode doer muito? Pode. Mas pelo menos você não fica nessa ansiedade do que vai acontecer. Estou errado?

– Você está certo...

Gustavo me interrompeu:

– Quando vocês devem se encontrar?

– Amanhã à noite.

– Ele vem aqui?

– Não. Marcamos num barzinho do centro, por sugestão dele mesmo.

– Sabe, Leonardo, por tudo aquilo que você me contou, vá preparado para o pior. Não quero te ver no chão desse jeito.

– Parece estranho, Gustavo, mas nem sei se me preocupo mais comigo ou com ele. Lorenzo é tão frágil. Tenho medo das pessoas que possam tocá-lo. Você entende?

– Leonardo, as pessoas já o tocavam antes mesmo de você conhecê-lo. Quem está frágil nesta história é você, e não ele. Ele continua saindo todas as noites; e você, em nome de um sentimento mais profundo, fica trancado nesse apartamento, pensando num caminho que não vai te levar a lugar algum. Ah, mas aí você vai me dizer que vez ou outra ele aparece na madrugada para vocês ficarem juntos. Leonardo, ele aparece depois de quê? De embriagado? De ter beijado outros? De algum programa que não deu certo? De uma sauna? De que, amigo?

Gustavo pegou nas minhas mãos.

– Eu quero que você me prometa uma coisa, Leonardo. Promete?

– Prometo, mas o que é?

– Se alguma coisa der errado no encontro de amanhã, eu quero que você me ligue imediatamente. Fechado?

– Fechado!

Hoje posso dizer que realmente conheço Lorenzo. Sua aparência frágil e miúda necessita de diferentes homens e situações para sobreviver. Dotado de uma eminente necessidade de prazer, nem namorando ele consegue manter-se ausente dos distúrbios sexuais que tanto lhe encantam. Vivendo com personalidades múltiplas, o álcool tem o poder de fazer prevalecer a mais escondida e sombria de todas. Impossível esquecer que, diante do espelho, enquanto lavava as mãos, ele deixou que um velho excitado se aproximasse. Nesse faz-de-conta, e na frente de quem quisesse vê-lo no banheiro da boate, ele deixou acariciar-se atrás, enquanto era beijado na nuca. Meus olhos rapidamente viram, mas meu coração fez questão de não entender. Suportado pela dúvida da mentira que eu mesmo criei, consegui manter-me equilibrado até a entrada de novos desejos por ele cobiçados. Nosso fim começou quando permitimos que outros rapazes, muitas vezes nem tão jovens assim, dividissem o mesmo espaço na cama com a gente. A grande diferença do meu passado com o que estava acontecendo quase todas as noites é que eu não sabia mais o que fazer com meu coração. Aliás, acho que ainda não sei.

13

No horário marcado, passei por entre as portas de vidro do centenário bar. Incógnito pelo grande número de pessoas, pude observá-lo conversando animadamente com um senhor de meia-idade. Vê-lo sorrindo e brincando como se nada tivesse acontecido me deu vontade de chorar.

– Oi, Lorenzo.

Apenas nos olhamos.

– Oi, Leonardo.

Com o braço sobre os ombros do senhor, ele nos apresentou:

– Deixe-me apresentá-los: Rubinho, Leonardo; Leonardo, Rubinho.

Cumprimentávamo-nos com um aperto de mãos, quando o garçom se aproximou:

– Quanto tempo, Leonardo! Pensei até que tinha esquecido da gente!

– É que eu...

O garçom me interrompeu:

– Não precisa explicar. Lorenzo já havia nos dito que você estava em viagem ao interior de São Paulo.

– Isso mesmo, Alves.

– Chope ou coca?

– Chope... com certeza!

Despedindo-se do suposto amigo com um abraço, Lorenzo foi comigo para uma mesinha já reservada na frente do bar. Sentávamo-nos, quando Rubinho se aproximou:

– Me desculpem, eu já estou de saída, só vim confirmar se você guardou o número do meu celular, Lorenzo.

– Guardei, Rubinho! Fique tranqüilo.

Pela segunda vez abraçaram-se demoradamente.

– Novamente, foi um prazer conhecê-lo, Leonardo. Deve ser bom ter um amigo tão cheiroso como Lorenzo.

Por um instante pensei que fosse desmaiar. Tudo me veio à cabeça: meu filho, a empresa, o apartamento.

– Por que você está fazendo isso comigo, Lorenzo?

– Isso, o quê?

Sorri com mágoa:

– Sabe, Lorenzo... Eu pensei que conversaríamos... de uma forma certa, e você fica aí pegando o número de telefone de outras pessoas e...

Ele me interrompeu:

– E qual o problema?

– O problema é que você parece outra pessoa. Onde foi parar todo aquele carinho, cara?

– Eu ainda te amo, só que você, Leonardo, faz sempre tudo errado.

– O que eu faço de errado?

Ele começou a rir.

– Você tá brincando comigo, né?

Alves trouxe mais duas canecas de chope.

– Não, Lorenzo, eu não estou brincando.

Ele forçou um riso.

– Sua ex-esposa é um exemplo disso! Você prometeu que ela jamais entraria no nosso apartamento, e ela entrou!

Suspirei fundo.

– Lorenzo, eu não agüento mais falar do dia em que deixei Isabela entrar no apartamento. Você sempre volta nesse assunto. Eu sei que quebrei a palavra, mas não tinha outro jeito. Fui pego de surpresa. Na época, pareceu-me justa a exigência dela de querer conhecer o apartamento antes de liberar o André para passar o primeiro fim de semana comigo. E tem mais, se ela ficou cinco minutos na sala foi muito.

– Isso não me interessa! O que importa é que você quebrou a palavra comigo e, portanto, meu caro, o mentiroso entre nós é você, e não eu! – ele disse isso quase gritando.

Fiquei em silêncio depois dos gritos. Sinto-me perdido. Não devo enfrentá-lo. Tenho medo de perdê-lo para sempre.

– Onde você está dormindo?

– Eu ainda não fiz nada deerrado, se é o que você quer saber! Estou dormindo na casa da Wanda.

Wanda é uma psicóloga maconheira, amiga dele.

– Não vai dizer nada, Leonardo? Eu estou esperando pelas suas desculpas, meu caro!

– Desculpas?

Infelizmente, o álcool já se fazia presente.

– Desculpas por você ter imaginado que eu estava transando por aí! Bem se vê que você não me conhece mesmo!

– Me desculpe, Lorenzo.

Duas rodadas de chopes se passaram sem que trocássemos uma palavra sequer. Olhando em direções opostas, nós apenas pensávamos no que fazer, diante de um relacionamento rapidamente destruído pelo tempo. Disposto a fazer dar certo, eu tinha de tentar, mais uma vez, trazê-lo a uma cumplicidade que nunca existiu.

– Lorenzo.

– Fale.

– Eu sinto muito sua falta... E aquele apartamento não existe sem você.

Coloquei a minha mão sobre a dele.

– Não sei exatamente quando tudo começou a escurecer na nossa vida, mas sei que nós podemos fazer certo desta vez! Não importa se dividimos a cama com garotos de programa ou pessoas de meia-idade, o que importa é sermos sinceros um com o outro neste exato momento. Do meu lado, eu errei e menti quando deixei Isabela entrar no apartamento, mesmo que por cinco minutos.

Dei um bom gole no chope antes de continuar falando:

– Quando te conheci, eu passei uma imagem de pouca experiência, quando também não era verdade... E uma vez, quando eu voltava da delegacia, de uma intimação que recebi... você está lembrado?

– Estou.

Bebi mais um pouco.

– Nesse dia, eu dei carona a um rapaz... que acabou me masturbando no caminho.

Puxando a cadeira para o lado, mais uma vez ele olhava em direção oposta.

– É isso, Lorenzo.

Por uma rodada inteira, eu esperei que ele dissesse alguma coisa.

– Você não tem nada a me dizer?

– Não.

– Pense bem, Lorenzo.

– Eu não erro, Leonardo!

Tentei pôr a minha mão sobre a dele e não consegui.

– Não faça isso com a gente, Lorenzo! Esta pode ser nossa última chance, cara.

– Fazer o quê? Você é quem me traiu com esse rapaz, não eu!

Comecei a rir com ironia.

– Você me trai desde que nos conhecemos, Lorenzo. A começar do velho encoxando sua bunda no banheiro da boate!

– Isso é mentira!

Gritei mais alto que ele.

– Não é! Eu vi tudo, seu idiota!

Sua raiva era imensa.

– E tem mais, Lorenzo, eu não sabia que você gostava de orgia! Aliás, eu devia ter sacado isso quando você sugeriu que saíssemos com garotos de programa!

– Eu não gosto de orgia! De onde você tirou essa idiotice?

– De uma droga de sauna gay, seu idiota!

– Isso é mentira!

– Não é! No dia em que brigamos, fui te procurar na madrugada e sabe o que vi? Seu belo carrinho estacionado na frente da sauna! Rua Frei Caneca, otário!

– E mesmo que fosse eu, eu podia! Nós nos separamos naquela briga, lembra, seu palhaço?

Ele tentou sair da mesa e eu, segurando-o pelo braço, o fiz sentar novamente.

– Dias depois, eu voltei naquela merda de sauna e descobri que todo mundo te conhece e que o "senhor certinho" é freqüentador assíduo daquele lugar, seu burro!

Ele babava no falar.

– Eu sou um Ranieri, tenho dinheiro para fazer o que eu quiser da minha vida! E amanhã mesmo mando um empregado buscar as minhas coisas no seu apartamento alugado, seu desempregado de merda!

Correndo, ele deixou o bar aos trancos e barrancos, após descarregar uma caneca inteira de chope no meu rosto.

– Seu Leonardo, que coisa desagradável. Tome este pano.

– Obrigado, Alves.

Muitos me observavam.

– Alves! Feche a conta, por favor.

– As duas ou só a sua? Seu Lorenzo saiu tão apressado que até esqueceu de pagar a conta. Mas, se o senhor quiser, eu marco a dele e o senhor só paga a sua.

– Feche as duas.

Sem querer voltar ao apartamento, acho que se fizesse isso eu morreria, rodei muito pela cidade, até me lembrar de um posto da Esso onde Adriano e eu às vezes caçávamos na madrugada. Freqüentado por jovens ávidos por sexo ou maconha, lá seria o lugar ideal para eu beber algumas cervejas, sem ser incomodado pelo frenesi de um ambiente fechado. Encostado em minha picape, percebi que dois rapazes, um deles bem moreno, quase negro, e outro de pele bem clara, parecia loiro tingido, não tiravam os olhos de mim. Eu já estava na segunda latinha de cerveja, quando o moreno se aproximou para pedir cigarros.

– E aí mano, tá limpo?

Cumprimentamo-nos com o bater de mãos.

– E aí mano, tem jeito?

Ele era negro, e não moreno.

– Como não!

Eu passava o maço para as mãos dele, quando ouvi a voz de Adriano:

– Eu não acredito no que estou vendo!

Abraçamo-nos.

– Resolveu sair da toca ou foi o conto de fadas que acabou?

Dizer a ele que o meu namoro havia terminado seria assumir um novo e imediato compromisso com Adriano, o que definitivamente eu não queria.

– Resolvi sair da toca.

– Mas e ele?

– Está viajando.

– É assim que se faz, garoto! Esse é o começo para você voltar a ser o que era!

Assumindo o controle da situação, ele, que tão bem sabe conduzir as pessoas, foi logo se posicionando de forma muito clara com os rapazes, que até topavam sair com a gente em troca de gasolina, maconha e cerveja. Com certeza o negro não era gay. Já o loirinho, não sei, não.

– É o seguinte, mano, a gente brinca numa boa, só não quero que me toquem atrás e...

Adriano interrompeu o rapaz negro:

– Qual é o seu nome?

– É Emerson, tá sabendo!

Apertados, conversávamos os quatro dentro da picape. Falando mesmo, só Adriano e Emerson.

– Então, Emerson, essa troca não está muito certa, cara. Vocês vão fumar e beber à vontade, e nós?

– Fica ligado, mano! Vocês vão brincar com a gente!

Emerson disse isso mostrando o volume sob o moletom, como a dizer: "Olha o tamanho da diversão". Realmente era grande pra caramba.

– É o seguinte, Emerson... são quase três horas da madrugada e nós não estamos querendo perder tempo... Eu e Leonardo somos caras legais como vocês e estamos muito a fim de brincar numa boa. Se vocês toparem o que nós queremos, iremos todos para um hotel no centro e lá poderemos fazer qualquer coisa. Se não, acho que vocês escolheram os caras errados! E tem mais: o que rolar naquele quarto, morre ali, cara!

Emerson e Gilson, o falso loirinho, apenas se olhavam.

– Façam o seguinte: enquanto Leonardo e eu vamos buscar mais algumas latinhas de cerveja, pensem no que eu falei!

A loja de conveniência do posto estava a poucos metros da picape.

– E aí? Você acha que eles vão aceitar?

– É lógico que vão! Emerson, pela maconha; e Gilson, por ser veadinho, mesmo!

Adriano tinha razão. Eles aceitaram fazer o programa sem restrições.

– Eu não falei que eles aceitariam numa boa?

Com uma expectativa bem diferente das vezes anteriores, essa seria minha primeira noite com um negro, eu não via a hora de chegarmos ao hotel.

– Você está vendo o carro deles?

Adriano olhou rapidamente para trás.

– Não se preocupe, Leonardo! Eles estão um pouco longe, mas estão vindo. Vê se também diminui um pouco a velocidade... o carro deles é velho pra caramba!

Apesar de Adriano despertar o pior que existe em mim, na hora eu acho tudo certo, só me arrependo no dia seguinte.

– Agora sim, eles estão perto.

A cinco quadras do hotel, Adriano pediu para eu parar a picape.

– Deixe-me descer aqui, Leonardo. Vá para o hotel, enquanto eu pego o bagulho que eles querem. A gente se encontra lá.

– Ok.

Adriano já estava saindo, mas voltou.

– Você tem grana aí?

– Tenho.

– E camisinhas?

– É melhor você comprar algumas.

– Ok.

Por alguns segundos, Adriano, debruçado sobre a janela da picape, ficou me olhando.

– O que foi? Você acha que o dinheiro não vai dar?

Ele sorriu.

– Não é isso.

– O que é, então?

– Eu queria te dizer que estou muito feliz com a sua volta e...

Interrompi as palavras dele:

– Eu não estou de volta! Essa noite é só um pulo.

– Pois farei que esse pulo seja para sempre!

Como de costume, seu Antonio, sócio e gerente da noite do Hotel Sonho Azul, recebeu-me muito bem.

– Mas quanto tempo, Leonardo! Estou feliz em revê-lo.

Abraçamo-nos.

– Fiquei chateado quando Adriano me disse que você havia se mudado para outra cidade. Você alugou o apartamento por um ano, pagou, e só usufruiu por dois meses. Pelo menos seu parceiro está aproveitando!

É incrível como Adriano mente para as pessoas, nem se preocupa em me contar o que falou.

– Mas me diga? E você? Como está?

– Eu estou muito bem, seu Antonio, e com muita saudade do seu hotel.

Seu Antonio sorriu.

– Quanta coisa, no bom sentido é claro, vocês aprontaram aqui, hein!

Na verdade, seu Antonio gostava de certo "agito", já que ali era tudo meio morto e, bem ou mal, Adriano e eu trazíamos para aquele lugar certa juventude, no meio de tanta velharia.

– Até Adriano mudou, Leonardo! Nem as bagunças são mais as mesmas!

Seu Antonio me chamou para perto dele.

– Outro dia, Adriano e um rapaz trocaram socos e pontapés no quarto. Tivemos até de invadir o apartamento para não virar caso de polícia. Você acredita?

Após me indagar sobre Adriano, seu Antonio entregou-me as chaves do quarto 41, que ele insiste em chamar de apartamento 41.

– Gostaram?

– Maneiro!

– Maneiro! – pela primeira vez, Gilson abriu a boca.

– Bom! Se vocês quiserem tomar banho, fiquem à vontade. Ok?

Literalmente isso foi uma indireta, e Emerson, mesmo com a pouca instrução que aparentava ter, entendeu o recado.

– A gente... vamos.

Ele disse isso apontando para o banheiro.

– Fiquem à vontade.

Eu estava de cueca quando bateram na porta. Lá não tem campainha.

– Seu Antonio. Deixe-me ajudá-lo.

Numa bandeja, ele trouxe quatro latinhas de cerveja, algumas camisinhas e dois saquinhos com castanhas de caju.

– As castanhas e as camisinhas são por minha conta.

Seu Antonio já deixava o quarto quando eu o chamei:

– O senhor tem como arrumar maconha pra gente?

– Tenho... mas não foi isso que o Adriano foi buscar?

– Foi... mas o senhor sabe como ele é. De repente encontra alguém na rua e pronto, só aparece de manhã.

– Deixe comigo, Leonardo. Daqui a pouco você terá sua maconha.

– Valeu, seu Antonio!

Eu fechava a porta do quarto, quando os vi saindo do banheiro:

– É o mano?

Joguei uma latinha de cerveja para cada um deles, antes de responder.

– Ainda não, mas o bagulho já está chegando!

Três coisas me chamaram a atenção neles. Em Emerson, o enorme volume dentro da cueca vermelha. E em Gilson, a bundinha pequena e a enorme quantidade de pêlos nas pernas.

– Esta tá bem gelada, mano, muito diferente da do posto.

Aproximei-me de Emerson.

– Posso, Emerson?

– Não saquei, mas pode.

– Vem cá, Gilson.

Em pé no quarto, beijávamo-nos a três, quando bateram na porta.

– Obrigado, seu Antonio.

– De nada, e eu aproveitei para trazer mais cervejas, também.

– Valeu, seu Antonio.

Beijei cada um separadamente na boca.

– Quem prepara?

– Deixa comigo – disse Emerson, abraçando-me por trás enquanto eu colocava a bandeja sobre o criado-mudo.

Emerson preparava dois cigarros sobre a mesa, quando eu, não resistindo mais, fiz o loirinho deitar de bruços na cama.

– Enterra fundo, Leonardo! O mano gosta disso!

Sem tirar de dentro dele, o loirinho era gostoso e quente demais, fumamos maconha pelas mãos de Emerson, em pleno ato sexual.

– Não esporre ainda, Leonardo – Emerson disse isso colocando a camisinha.

Nunca tinha feito desse jeito. Enquanto eu estava no loirinho, Emerson esforçava-se para entrar em mim. Gozamos juntos, com muita dor.

– Vocês podem sair de cima de mim? – disse Gilson, quase sem voz. Não deve ter sido fácil suportar o peso de dois homens.

Suados e lambuzados, tomamos banho juntos antes de eles deixarem o apartamento. Na verdade, um deu banho no outro.

– Me amarrei em você, Leonardo, tá sabendo.

– E eu em vocês.

Mais uma vez nos beijamos a três.

– Bate um fone pra gente, quando puder.

Eu também já me preparava para sair, quando Adriano, totalmente zonzo, entrou no quarto.

– Cadê os caras?

Adriano não conseguia ficar em pé.

– Foram embora.

Abracei-o, para que não caísse no chão.

– Mas e o nosso acordo?

– Adriano! São quase sete horas da manhã, cara! Tem mais de três horas que você saiu para comprar maconha!

– Tudo isso?

Ele começou a rir.

– Então, por isso que já tá claro!

Enquanto conversávamos, eu o despia.

– O que te atrasou dessa vez?

– Encontrei alguns amigos e aí a gente ficou bebendo uísque... fumando... Ah! Sabe que bebida eu também tomei?

– Não.

– Absinto! Tem gosto de anis.

Coloquei Adriano na cama.

– Você não vai se deitar comigo? Tá bravo porque eu cheguei tarde?

– Não, claro que não.

– Então tire essa roupa e deite comigo.

Beijamo-nos.

– Tire a roupa, vai, Leonardo.

– Tiro.

Envolvido no meu abraço e aquecido pelo peso do meu corpo, fui lentamente sentindo-o por dentro. Sem conseguir ficar de joelhos na cama, ele estava grogue demais para isso, ficamos lado a lado, para que Adriano pudesse se masturbar enquanto se entregava a mim.

– Estou gozando, Leonardo! Ah... ah... ah!

Gozamos juntos e fiquei dentro dele até que adormecesse. Ao contrário de muitos, ele adora isso.

– Adriano.

Beijei-o na nuca.

– Dormiu.

Eu me levantava da cama quando bateram na porta.

– Oi, seu Antonio.

– Como sei que você gosta, eu lhe trouxe um cafezinho.

– Obrigado, seu Antonio. Aliás, entre um pouco.

Coloquei a cueca, enquanto seu Antonio me servia o café, que estava numa pequena garrafa térmica.

– Ele desmaiou mesmo, hein, Leonardo!

De bruços, Adriano dormia sobre a cama.

– Também, o senhor viu o jeito que ele chegou? Agora vai dormir o dia inteiro.

Cobri Adriano com um lençol.

– Você está de volta à capital, Leonardo?

– Não, seu Antonio, por isso quero deixar meu cartão com o senhor.

Passei o cartão para as mãos dele.

– Qualquer problema sério que acontecer com Adriano, eu quero que o senhor me ligue. Não importa o dia nem o horário. Tudo bem?

– Claro, Leonardo. Você já está indo embora?

– Daqui a pouco. Primeiro vou tomar um banho e depois desço para acertar os extras da noite com o senhor.

– Já que você ainda vai tomar banho, vou pedir para que joguem um pouco de água na picape.

– Obrigado, seu Antonio.

Quero sim continuar brincando, me divertindo, desafiando e sendo desafiado por todas as situações que envolvem o corpo humano, mas não quero fazer isso sem amor. Hoje percebo que tanto Lorenzo como esse pequeno mundo de contravenções que estou agora não serve para mim. Por onde começar? Não sei, mas vou tentar.

– Leonardo.

Aproximei-me de Adriano.

– Preciso ir ao banheiro. Você me ajuda?

Após ajudá-lo a mijar, nem isso ele conseguia, levei-o de volta à cama.

– Obrigado, cara.

Nu e coberto por um lençol, ele dormia profundamente quando deixei o apartamento 41, disposto a nunca mais voltar.

14

Sem saber o que fazer, as noites são sempre tristes e vazias quando se está sozinho, resolvi dar uma volta no shopping perto de casa. Emocionalmente inseguro, eu não tinha mais onde me equilibrar, dei graças a Deus por este não ser o fim de semana com meu filho. De forma alguma André poderia ver o pai naquele estado.

– Leonardo!

Ao me virar, demorei a perceber quem me chamava.

– Tudo bem, Leonardo?

Cumprimentamo-nos com um aperto de mãos.

– Tudo, cara.

Eu não tinha a menor idéia de quem era ele.

– Não lembra mais de mim?

Sorri totalmente sem graça.

– Não.

– Olhe bem, Leonardo! Meus cabelos eram compridos, agora estão curtos...

Ele falava e ria ao mesmo tempo.

– Eu era loiro, agora meus cabelos estão negros, que é a cor natural deles.

Rindo, ele se aproximou de mim e praticamente sussurrou no meu ouvido:

– Leonardo, *Ray of ligth* não te lembra nada?

Caiu a ficha.

– Felipe!

– Acertou, cara!

Abraçamo-nos demoradamente no corredor do shopping.

– Você mudou mesmo, hein?

Ele sorriu.

– Como diz minha mãe: este sou eu de verdade!

A felicidade do encontro foi recíproca. Short, camiseta regata, tênis e aquelas meias que só vão até os tornozelos faziam dele um rapaz normal, bem diferente da figura quase andrógina da festa.

– Não foi só seu cabelo que mudou, Felipe! Tem mais coisas!

Eu tentava descobrir quando ele falou:

– Minhas sobrancelhas também, eram raspadas. E eu tinha um piercing na língua, lembra?

Comecei a rir.

– Desculpe, Felipe!

Eu não conseguia parar de rir.

– O que foi, Leonardo? Fala!

Aproximei-me dele.

– É que naquela noite eu praticamente só te vi de costas, cara!

– Filho da puta! Isso não é verdade!

Rindo e brincando, resolvemos procurar por um boteco nas proximidades, já que no shopping era proibido fumar. Fomos a pé mesmo.

– Vamos nesse da esquina!

Pela falta do chope, ficamos na cerveja.

– Pensei muito em você, cara.

– Eu também, Felipe, mas quando acordei no dia seguinte você já tinha ido embora.

– Por mim eu teria ficado. Foi aquele ridículo do Adriano que me expulsou do apartamento. Quando me levantei para ir ao banheiro, o filho da puta não me deixou voltar mais para o quarto.

– Ele fez isso?

– Fez isso e muito mais!

Olhar distante.

– Por duas vezes esse palhaço me enganou! A primeira foi essa que te contei, e a segunda foi quando ele ligou para o meu amigo, aquele que me levou à festa e também é amigo dele, e disse que você estava me procurando.

Sua expressão era de raiva.

– Liguei para o Adriano e marcamos nós três, eu, você e ele, um encontro num barzinho chamado 766. Você conhece?

– Conheço, mas não marquei encontro nenhum.

– Eu sei que você não marcou, mas deixe-me continuar. Eu preciso tirar essa raiva do peito.

Ele respirou fundo.

– Nesse encontro, o Adriano me pediu desculpas, chorou e disse que só me expulsou por puro ciúme. Você acredita que o cara implorou pelo meu perdão?

– Pelo que você está me contando, acredito.

Felipe acendeu um cigarro antes de continuar a falar.

– Nesse meio tempo você supostamente ligou para o celular dele, que tocou de verdade, e marcou com a gente em outro lugar. Mais precisamente num hotelzinho bem próximo ao bar.

– E você acreditou?

– Acreditei quando ele disse que você estava trazendo maconha e fumar no bar não seria legal.

Interrompi Felipe:

– Que absurdo! E aí?

– Fomos para a espelunca, fumamos um pouco de maconha que ele tinha no bolso, bebemos uísque e ficamos de cueca te esperando.

– De cueca?

– É. No começo até deixei rolar alguma coisa, quando ele disse que vocês estavam acostumados a transar a três. Mas depois, como você não aparecia, eu resolvi ir embora. Aí, saímos na porrada.

– Vocês transavam a três, Leonardo?

– Transávamos.

Ele continuou a falar:

– E, no final da briga, para me deixar mais puto ainda, ele disse que era tudo mentira. Filho da puta!

Enchi os nossos copos com mais cerveja.

– Felipe, você se lembra bem do dia da festa?

– Jamais esqueci.

Ele apenas me olhava.

– Felipe!

– Fala!

Sobre a mesa, toquei na sua mão.

– É importante você saber que foi o único cara que eu não quis dividir com ele. Você tá lembrado disso?

– Estou. Eu me lembro de quando ele tentou entrar no quarto com a gente, e você não deixou.

Sorrimos e brindamos ao nosso reencontro.

– Mas agora me tire uma dúvida! Por que você desapareceu?

Ele sorriu.

– Eu não desapareci. Aquilo foi um exagero da minha mãe e do Sampaio. Dois dias depois da briga com o palhaço, eu, todo machucado, resolvi passar uns dias na casa de um amigo meu. Só isso.

Ele começou a rir.

– Sabe como é, fumando muito e com a cabeça nas nuvens, esqueci de avisar a minha mãe. Foi isso.

Sorrimos.

– E como você está agora?

– Você não tá vendo? Bem pra caramba! Ainda gosto de um fuminho, mas estou bem mais controlado.

Toquei na sua mão.

– O que você acha de passarmos a noite lá no meu apartamento? É sábado mesmo, e se você não tiver nenhum outro compromisso, sei lá.

Eu estava morrendo de medo de ouvir um não.

– Não posso, Leonardo. Nesse novo esquema de controle, prometi à minha mãe e ao Sampaio que dormiria todas as noites em casa. Mas, se você não se importar com a simplicidade da minha casa, eu te convido a dormir lá. Aceita?

Confesso que fui pego de surpresa.

– Eu aceito, mas e seu pai e sua mãe? Vão pensar o quê?

– Infelizmente meu pai já morreu. Quanto à minha mãe, não tem nada de mais. É só um amigo que estou levando para dormir em casa.

– Sinto muito pelo seu pai. Faz tempo?

– Muito. Eu era criança quando isso aconteceu.

É impossível descrever a paz que eu sentia naquele momento. Estar ao lado daquele rapaz fez ressurgir em mim um desprendimento com os compromissos que há muito eu não sentia. Descalço e com os pés sobre o meu colo, ele tirou o tênis e as meias logo que entramos na picape. Fui dirigindo com uma sensação de liberdade incrível:

– Você tem CDs, Leonardo?

– Acho que o estojo está no porta-luvas.

Quase deitado no banco, Felipe procurava por um CD, enquanto tinha os pés constantemente cheirados e beijados.

– Posso perguntar uma coisa, Felipe?

– Pode.

– Tem certeza de que sua mãe não vai ficar chateada, cara?

– Tenho. Por que você acha que ela ficaria, Leonardo?

– Sei, lá. Talvez por eu ser bem mais velho.

– Bem mais velho onde, Leonardo? Nossa diferença de idade é só de quinze anos! Isso se for contar pela idade, porque pela aparência parece bem menos.

Foi como explodir a ponte após atravessá-la, pois Felipe me fez guardar a picape na garagem antes mesmo de eu conhecer dona Olga.

– Mãe, este é o Leonardo.

Com certa dificuldade, Dona Olga se levantou.

– Muito prazer. Olga.

Beijamo-nos no rosto.

– O prazer é todo meu, dona Olga.

– Ah, então esse barulho de carro na frente de casa foram vocês?

– É que o Leonardo vai dormir aqui em casa, e eu já pedi para ele guardar o carro na garagem.

– Fez bem. Vocês não estão com fome?

Na cozinha, entre suculentos e caprichados baurus preparados por dona Olga, fiquei conhecendo toda a trajetória de vida e morte da família Nascimento e Silva. Pobres com certeza, eles viviam apenas da magra aposentadoria da mãe e de trabalhos de costura, também por ela realizados.

– Mais um lanche, Leonardo?

– Não, obrigado! Já comi demais, esse vai ser o último.

Confortável, só precisava de tinta e de pequenos reparos, o sobrado, herança de família, é o que garantia a eles uma moradia decente, já que os ganhos somados de dona Olga iam exclusivamente para a compra de alimentos e para o pagamento das despesas mensais básicas, não sobrando quase nada para qualquer emergência ou extravagância:

– Quando vocês subirem, não esqueça de pegar o colchonete atrás do meu guarda-roupa, filho. Ah, e não mexa na gaveta de roupas. Eu mesma pego os lençóis.

– Pode deixar, mãe.

Dona Olga sorriu para mim.

– Sabe por que eu disse isso, Leonardo? Porque o Felipe não sabe pegar roupas na gaveta. Ela não pega, puxa!

– Mãe!

– Mas é verdade!

– Eu não sou assim.

Nos três rimos.

– E quando ele anda de meias pela casa? Ô menino para encardir meias!

Continuávamos rindo.

– E cueca, então!

– Pára, mãe! A senhora está acabando comigo! – Felipe disse isso rindo.

– Se deixar, Leonardo, ele usa a mesma cueca a semana inteira! Aliás, essa que você está usando, trocou quando?

– Mãe!

Após checarmos se todas as portas e janelas estavam bem trancadas, subimos ao quarto dele, pouco antes de dona Olga.

– Este é meu quarto, Leonardo.

Todos os aparelhos e utensílios domésticos do sobrado eram velhos e tinham no mínimo dez anos de uso.

– Espere aqui enquanto pego o colchonete.

Nossos lábios se encostaram rapidamente.

– Quer ajuda?

– Não precisa – disse ele já no corredor, com dona Olga subindo as escadas e dizendo para ele não mexer na gaveta.

Praticamente eles entraram juntos no quarto: ela com dois lençóis brancos na mão e ele com um velho colchão de solteiro. Aquilo não era um colchonete.

– Agora vocês mesmos se ajeitam. Durmam com Deus! – disse ela, beijando-nos no rosto.

Com a porta apenas encostada, a fechadura estava emperrada e a chave não virava de jeito nenhum, Felipe e eu, para evitarmos qualquer tipo de som, pois o estrado da cama dele fazia barulho até no sentar, decidimos dormir no colchão que estava no chão, bem próximo à veneziana.

– Eu nem acredito que estamos juntos novamente – disse ele, bem baixinho.

– Eu também não, mas tenho de te fazer uma pergunta importante. Posso?

Ele ficou assustado.

– Pode! Fiz alguma coisa errada?

Em silêncio, apenas olhei profundamente dentro dos seus olhos.

– Felipe...

– Fale de uma vez, Leonardo! O que foi?

Silêncio.

– Felipe, você trocou a cueca?

Ele riu tão alto que o quarteirão inteiro deve ter ouvido.

– Palhaço!

Abraçados lado a lado no colchão, estávamos apenas de cueca, já não existia mais espaço entre nossas bocas. De olhos bem abertos, porém entorpecidos de prazer, era importante ver, e não só sentir, toda a umidade que cada língua ia buscar na boca do outro. Conduzido por ele, nossos beijos deixaram de ser simplesmente beijos e passaram a permitir que grandes quantidades de saliva passassem de um para o outro. Desafiando-me com os olhos, deixei, em completo êxtase, que ele fosse o primeiro a soltar tudo na minha boca.

Sentia-me dopado na manhã seguinte. Com pensamentos e movimentos reduzidos, acordei na mais completa paz que um ser humano pode acordar. Sozinho no quarto, eu me espreguiçava quando Felipe entrou.

– Bom dia, moço bonito!

– Bom dia, Felipe!

Beijamo-nos na boca.

– Faz tempo que você levantou?

– Faz, e até já fiz mercado com minha mãe. Chegamos quase agora.

– Mas que horas são?

Ele me beijou na boca.

– Quase meio-dia, moço bonito.

Sorrimos.

– Gostou da loucura de ontem, Leonardo?

– Muito, cara, muito.

– Eu também, e olha só como eu fico só de lembrar.

Excitamo-nos.

– Sempre tive essa vontade, Leonardo, mas me faltava coragem, ou talvez o cara certo.

– Você é lindo, Felipe.

Beijávamo-nos quando Dona Olga o chamou da cozinha.

– Tenho de descer, Leonardo. Faremos um almoço de domingo bem especial para você.

– Você sabe cozinhar?

Ele riu.

– Eu não! Só vou ajudá-la com a massa do nhoque.

Mais uma vez, dona Olga o chamou.

– Já estou indo, mãe!

Beijamo-nos.

– Já deixei short, chinelo e tolha para você no banheiro. Se você for tomar banho e gostar da água bem quente, primeiro abra todo o registro e depois vá fechando aos poucos, porque senão ele queima.

Eu o beijei.

– Te espero lá embaixo, amorzão!

Guiado pelo forte cheiro de água sanitária, entrei no banheiro. De frente ao espelho e já com água fria sobre o rosto, eu tinha a nítida sensação de que alguma coisa muito diferente estava acontecendo dentro de mim. Sem fazer a barba, não havia nenhum aparelho de barbear no armarinho do banheiro, apenas tomei banho e desci para a cozinha.

– Bom dia ou boa tarde!

– Ainda é bom dia, Leonardo! Dormiu bem? Não estranhou o colchonete? – disse Dona Olga bem animada.

– Nem um pouco. Dormi como um anjo – na verdade, eu gostaria de ter dito: dormi com um anjo.

Felipe entrou na conversa.

– E o chuveiro? Não é bom?

– É ótimo, Felipe.

Beijei-a no rosto.

– Sente-se para o café, Leonardo, e só não comam muito, pois em uma hora sai o almoço.

Sobre uma toalha de plástico, imitando um tecido xadrez, dona Olga preparou dois pãezinhos com manteiga. Um para o filho e outro para mim. Ao entregar o meu, olhou-me fixamente nos olhos. Eu gelei.

– Você está bem, Leonardo? Me parece tão abatido.

Sorri aliviado.

– É que ultimamente o que não me faltam são problemas, dona Olga.

Ela sorriu.

– Eu acho que você está com mau-olhado. Posso benzê-lo?

Felipe entrou na conversa.

– No seu bairro não deve ter isso, mas aqui minha mãe é a benzedeira do bairro. Ela benze mau-olhado, crianças com bucho virado e coisas assim.

– Em que bairro você mora, Leonardo? – disse ela, já segurando minha mão.

– Em Pinheiros.

– Nossa! Que longe!

Mais uma vez ela me olhou fixamente.

– Posso te benzer?

– Se não for incômodo para a senhora, pode.

Pedindo para que Felipe fosse buscar um galho de arruda no barracão que ficava nos fundos do sobrado, dona Olga começou a me benzer. Pouco eu entendia da sua reza, pois, além de ela falar muito baixo, às vezes as palavras também eram ditas rápido demais. De certo mesmo, era o galho de arruda que ela passava repetidas vezes sobre minha cabeça, peito e ombros.

– Você estava bem carregado, meu filho.

Levantando-se da mesa, ela nos beijou no rosto.

– O chocolate, ou café, vocês mesmos pegam. Vou até a casa da Cida buscar uma bandeja e volto num instante.

Tão logo ela saiu, estávamos sentados frente a frente, nos esticamos para um beijo.

– Sabe quem é a Cida, Leonardo?

– Não.

– É a esposa do Sampaio.

Servimo-nos de chocolate quente.

– Eu não sabia que ele morava neste bairro.

– Mora e é nosso vizinho de quarteirão. E quer apostar que minha mãe vai trazê-los para o almoço? Ela sempre faz isso.

Acho que uma espécie de medo, talvez de tudo se acabar, foi tomando conta da gente naquela mesa. Não sei no que ele pensava, mas sei exatamente o que eu estava sentindo por dentro. Completamente sem chão, vi-me encantado pelos olhos e pelo sorriso simples daquele rapaz. Passando por cima dos quinze anos de experiência que nos separavam, começamos a namorar naquele mesmo dia.

15

Felipe e eu estamos juntos há quase um ano. Distantes do passado, em certos momentos até parece que ele nunca existiu, seguimos juntos por uma larga e iluminada avenida, cujo brilho se traduz em emoções cada vez mais fortes.

– Não acredito! Finalmente você veio nos visitar!

– Tudo bem, Leonardo?

Abraçamo-nos demoradamente.

– Comigo está, Gustavo! E com você?

– Ainda agüentando as provocações do "Dono do Mundo"! Um dia ainda mato esse velho!

Rimos.

– Mas você está muito bem instalado aqui! Eu não conheço os outros cômodos, mas, pela frente do sobrado e pelo tamanho da sala, deve ser bem grande. É seu?

– Não. O sobrado é de Dona Olga, eu apenas fiz algumas reformas. Cerveja?

– Com certeza!

– Vamos comigo até a cozinha, assim eu aproveito e já vou te mostrando tudo.

– Sabe o que eu queria te perguntar, Leonardo?

– Pergunte!

– E o Lorenzo? Você nunca mais o viu?

Gustavo percebeu certa tristeza no meu olhar.

– Nunca mais... Nem sei se um dia quero encontrá-lo. Sabe, Gustavo, até hoje não entendo direito o que aconteceu com a gente.

Só sei que alguma coisa o fez mudar do dia para a noite. Por que um cara meigo, carinhoso e que me curtia pra valer na cama nunca deixou a promiscuidade de lado? Gustavo, nós éramos casados. Não foi um caso de um dia, você entende?

– Você ainda gosta dele?

– Nunca vou esquecê-lo! Bem ou mal, ele foi uma pessoa muito importante na minha vida e... naquela triste noite, eu teria passado por cima de tudo se ele tivesse sido honesto comigo... mas o maldito orgulho nunca o deixou.

Respirei fundo.

– Sabe, Gustavo, por que manter uma vida secreta, em saunas, com ex-namorados e com desconhecidos de rua, se nós já saíamos com garotos de programa e com senhores de meia-idade?

Conversávamos na cozinha, quando Felipe entrou sorrindo.

– Já sei até de quem vocês estão falando!

Sorrimos.

– Deixem-me apresentá-los: Felipe, Gustavo; Gustavo, Felipe.

Abraçaram-se.

– Você conheceu os "fantasmas", Gustavo? – Felipe disse isso rindo.

– Como?

Felipe me abraçou pela cintura.

– É que toda vez que o passado vem à tona, dois fantasmas me perseguem: Lorenzo e Adriano. Você os conheceu?

Gustavo soltou uma gargalhada na cozinha.

– Só o primeiro, Felipe!

Peguei mais cervejas na geladeira.

– E você sabe se eles são do bem ou do mal?

Gustavo não conseguia parar de rir.

– Sabe como é, Gustavo, um dia vou ter de exorcizá-los e até pedirei ajuda à Igreja Católica Apostólica Romana!

Nós três caímos na risada, e eu abracei Felipe.

– Você já os exorcizou no dia em que nos conhecemos, Felipe.

– Mentira, amorzão, foi no dia em que nos reencontramos no shopping, lembra?

– É verdade, havia me esquecido que na época da festa você ainda era "bicho-grilo".

– Eu nunca fui "bicho-grilo", palhaço.

Só não nos beijamos pra valer porque Gustavo estava com a gente na cozinha.

– Você viu o André, Felipe?

– Ele está na casa do Sampaio brincando com o Thiago. Aliás, eu vim buscar as chaves do carro. Você sabe onde estão?

– Acho que estão na primeira gaveta do criado-mudo. Você já vai buscar sua mãe?

– Ainda não. Tenho de levar o Sampaio até o shopping para comprar o presente de dona Cida. Lembra?

– É verdade. Havia me esquecido do aniversário dela.

– Mas antes vou tomar um banho.

Gustavo e eu fomos para a sala, enquanto Felipe subiu para o segundo andar.

– Que bom astral esse moço tem, hein, Leonardo? Bem diferente do outro.

Sorrimos.

– Agora me diz uma coisa: se bem entendi ao telefone, aqui moram você, Felipe e dona Olga. É isso?

– É.

– E como é esse relacionamento?

– A princípio, minha idéia era morar sozinho com Felipe. Porém, como eles não têm família, não seria nada bom deixar dona Olga sozinha nesse sobrado. E aí fizemos a experiência de vivermos os três na mesma casa e... deu certo.

Antes que Gustavo dissesse alguma coisa, eu completei:

– Agora, só deu certo porque dona Olga tem uma cabeça muito boa. O lado espiritual dela é muito mais evoluído do que o de qualquer pessoa que eu conheci, inclusive da tia Luiza. Lembra dela?

– Lembro. Vocês ainda têm contato?

– Não. Nunca mais nos falamos desde a separação. Vai saber o que Lorenzo inventou a meu respeito para ela.

Acendi um cigarro.

– Mas mesmo dona Olga tendo esse lado espiritual forte, como ela vê o filho vivendo pra valer com outro cara?

Gustavo também acendeu um cigarro.

– Ao contrário do que Felipe pensava, dona Olga sempre soube que o filho era homossexual. E pior: ela sabia também o que ele aprontava na noite. Lembra do detetive Sampaio?

– Lembro.

– Então, ele nunca escondeu nada de dona Olga.

Abrimos mais duas latas de cerveja.

– Hoje somos uma família de verdade. Veja Felipe, por exemplo: ele estuda, está feliz, voltou a se aproximar da mãe e, como ela mesma diz, deixou de ser um rapaz revoltado com o mundo. E tudo isso, Gustavo, já tem mais de um ano, se considerarmos o tempo em que eu ainda não morava aqui.

Ele me observava com certa admiração.

– André também se deu muito bem com eles e, a cada quinze dias, passa o final de semana com a gente.

– E Isabela?

– Continua se lamentando. Não mudou em nada.

Sorri.

– Às vezes até acho que André gosta mais do Felipe do que de mim.

– E como é o dia-a-dia de vocês? Vocês dormem no mesmo quarto?

– Apesar da transparência do nosso relacionamento, nunca fizemos nada na frente de dona Olga, a não ser assistir televisão com as pernas meio entrelaçadas ou, no máximo, o Felipe ficar deitado no sofá com a cabeça no meu colo.

– E na hora de dormir?

– Dormimos em camas de solteiro que estão sempre encostadas uma na outra.

– Mas vocês as desencostam pela manhã?

– Não.

Seu olhar era interrogativo.

– Então por que vocês não compraram uma cama de casal?

– Sei lá. Talvez a cama de casal tenha um impacto psicológico um pouco forte para dona Olga. E como a sugestão de comprar as camas de solteiro foi dela...

Sorrimos.

– Leonardo? – gritou Felipe do segundo andar.

– No mínimo, ele esqueceu a toalha! Fique à vontade, Gustavo. Tem mais cerveja na geladeira. Eu já volto.

Entrei no banheiro, já com a toalha na mão.

– Qualquer dia faço como em *Psicose* e entro com uma faca.

– Você já me matou de amor e nem precisou de faca! – Felipe disse isso saindo do boxe e me abraçando.

– Você está me molhando todo.

Ele sorriu.

– Então me enxugue.

Comecei pelo rosto.

– Não com a toalha, Leonardo... eu quero com os lábios.

Sorrimos.

– Eu adoraria te secar desse jeito, mas não posso. Gustavo está me esperando lá embaixo.

Nós dois já estávamos bem excitados.

– Gustavo não tem pressa. Ele veio para o churrasco e nem a churrasqueira você acendeu ainda, amorzão. Aliás, falando nisso, me disseram que a lingüiça que você trouxe não está boa.

Seu sorriso dizia tudo.

– E como posso saber se ela está boa ou não?

Beijamo-nos.

– Primeiro... você deve apenas sentir o cheiro.

Ainda nos beijávamos.

– Se o cheiro te agradar... você deve passar a língua bem devagar, para descobrir que gosto tem.

– E se o gosto me agradar?

– Se o gosto te agradar... você deve sentir toda a carne dentro da boca.

– E depois?

Com a porta do banheiro aberta, Felipe e eu nos amamos no mais puro prazer, com Gustavo esperando na sala, com André brincando com Thiago na casa de Sampaio, com dona Olga na casa de uma amiga, com Isabela sempre reclamando da vida, com Lorenzo perdido em saunas obscuras, com Adriano deixando a vida passar em branco, com tia Luiza no passado teórico, com Digo nos deixando, com Breno fotografando, com Dori se mostrando, com Vera Cruz tentando ser alguém na vida, com o rapaz do elevador se drogando, com Luana se aproveitando, com Emerson no "tá sabendo", com Gilson dando e com o senhor Victor preso em suas falsas verdades. Viver é isso.

Fim

Contato com o autor:

e-mail: apartamento41@gruposummus.com.br

Caixa postal: 62505, CEP: 01214-999

Grupo Summus
www.gruposummus.com.br
www.gruposummus.com.br
Acesse, conheça o nosso catálogo e cadastre-se para receber informações sobre os lançamentos.

www.gruposummus.com.br

IMPRESSO NA
GRÁFICA
sumago
sumago gráfica editorial ltda
rua itauna, 789 vila maria
02111-031 são paulo sp
tel e fax 11 2955 5636
sumago@sumago.com.br